D1652660

Sabine Peters
Nimmersatt

Sabine Peters
Nimmersatt

WALLSTEIN VERLAG

Für Christian Geissler

Inhalt

Erinnerung **7**
Eines Mannes Freude **11**
Neid schlägt sich selbst **15**
Was weiß er schon **19**
Daheim bei ihren Lieben **22**
Nimmersatt **26**
Die Scham ist in den Augen **30**
Er macht seinem Ärger Luft **34**
Was für eine Fantasie **37**
Freie Bahn dem Tüchtigen **41**
Sie ist mit Talent gesegnet **45**
Stets äußert sich der Weise leise **48**
Wachsam bleiben **52**
Ich kenne diesen Menschen nicht **57**
Es reicht **61**
Die Welt in der Dose **65**
Echo **69**
Gefällt es dir? **72**
Sie baut nicht auf Sand **76**
Unkraut vergeht nicht **80**
Ist es möglich? **84**
Er verschließt sich **89**

Das ist der Dank **93**
Vor Hoffnung weit **97**
Zustimmung **100**
Da ist der Wurm drin **104**
Ruhestörung **108**
Reich mir die Hand **111**
Weil sie es besser nicht versteht **114**
Die Aussicht **117**
Schlag auf Schlag **121**
Da capo **125**

Erinnerung

Immer ging das Bild mit ihr. Sie war oft umgezogen, zuletzt von der Stadt aufs Land. Auch hier zu Haus hing neben ihrem Tisch das Bild. Vom Tisch aus sah sie draußen Ferkel auf der Weide gegenüber liegen, schwarzrosa gefleckt, dicke Blüten im Gras. Am Abend ihres neununddreißigsten Geburtstages saß Marie Buhr an ihrem Tisch, sah drinnen neben sich das Bild in einem schmalen dunklen Holzrahmen, die Fotografie einer Frau,

sie geht im Schatten, es ist Sommer auf dem Bild, im Hintergrund die Berge, ein Gebirgsbach, Steinbrocken, Geröll. Ziemlich genau zehn Jahre ist es her, Zeit fließt, zu messen an den Fältchen um meine Augen, schon damals hatte sie die Falten. Man könnte sagen, sie war eine Lehrerin zu dieser Zeit. Mir hat es sich so dargestellt, oder wie sagt man. Einmal war ich bei ihr im Büro, später fuhren wir zusammen auf die Tagung, es war nur eine kleine Zeit. Es gingen insgesamt neun Briefe hin und her, vorher und nachher, ihre flüssig kugelige Handschrift in weißgrünen Briefen, ja, auch wegen unserer Gärten weiße grüne Briefe. Wir sprachen miteinander von zu Haus, von unsern Gärten draußen, bei ihr warfen die vielen alten Bäume grüne Schatten. Wie viel Helligkeit man braucht, sie schrieb mir davon später, auf der Tagung zählte sie an ihren Fingern Namen auf, die Pflanzen, die mit wenig Licht auskommen, Fuchsien und Schlangenbart und Spindelstrauch. Fingerhut, Jasmin, Holunder, Springkraut, Nachtkerze. Sie geht im Schatten, wäre sie jetzt hier, könnte sie unsern Garten sehen. Wir führten Fachgespräche über Moos während der Tagung. Fachfremde Gespräche waren das doch wohl. Es war das erste Mal, daß ich bei einer Tagung vorgelesen habe, nicht nur im Publikum dabei war. Vorher Jobs, und dann dies Geld als erste Anerkennung dafür, daß man schreibt. Ich kaufte davon Büsche für den Garten, kindlich, eine neue Waschmaschine wäre damals sinnvoller gewesen. Sie schrieb in einem Brief, seid Ihr viel draußen in den Büschen, Rupert und Du? Ich schrieb ihr nicht, wir heiraten bald, es sollte eine Überraschung werden. Sie geht im Schatten, was weiß sie jetzt. Sie sagte von sich selbst, meine Ehe ist rund bis auf eins. Fragt man den Lehrer, was das heißt? Auf dem Bild ist ihre schmale, lange, strenge Nase im Profil zu sehen. Man wollte keine ihrer Grenzen überspringen. Wir haben ja das ganze Leben Zeit, so war meine Empfindung damals. Sie selbst nahm sich auch Zeit. Ihre Sorgfalt und Genauigkeit gingen auf alle über, die mit ihr zusammen waren. Sie beurteilte die Dinge unbestechlich und gewissenhaft. Selbst ein schwacher Ansatz war ihr manchmal einen langen Kommentar wert. Zu meinen ersten Texten schrieb sie unbeirrbar nein. Ihre Einladung kam also überraschend. Diese Arbeit spiegelt Sie in der Balance, schrieb sie, besuchen Sie mich einmal. Sie war die Ältere, Erfahrene. Sie geht im Schatten, sie lächelt. Großmutter, was hast du für, damit ich dich, wie wenn die Wolken aufreißen ein Lächeln und mit Wolf dabei. Was weiß man von Leuten vorher, nachher, seither weiß ich ihre bloßen Füße, die sie nach der Tagung auf der Heimfahrt in den Sitz stemmte. Vorher die erste Einladung in ihr Büro, ich war unruhig, zu früh. Streunte durchs Gelände, es war ein Nebeltag, November. Durch den Nebel fuhr auf einem dünnen alten Fahrrad eine dünne lange Ältere, der sah ich nach in dunklen Träumen. Sie geht im Schatten, ich war pünktlich im Vorzimmer bei einer einladenden Sekretärin, die brachte mich zur Chefin. Die war die Ältere. Die riß die Wolken auf, das also sind Sie. Sie riß die Wolken auf, ihr Haar war lang und glatt und dunkelblond, im Nacken hochgesteckt, sie hatte einen Parka über die Schultern gelegt. Das war schon damals nicht gerade modern. Sie trug immer etwas übergelegt, eine Jacke, eine Weste, den weiten Umhang, ein Tuch. Sie war umschwungen von ihren Kleidern, auch von ihrem Haar, immer lösten sich aus dem Knoten Strähnen, immer schwang eine Halskette um sie in zwei, drei Reihen. Jemand als was Wehendes, als etwas Helles. In meinen dunklen Träumen. Damals gingen wir gemeinsam durch die zwielichtigen schmalen Flure des Betriebs, sie strich durch die Gänge, sie war eine wandelnde helle Flagge, rauchte schwarzen Tabak, ein Rüchlein wehte um sie. Ich war ein Besen neben ihr. Ich hatte gerechnet mit sachlichem Rat, oder mit peinlicher Befragung. Doch nicht mit zugeneigtem Interesse. Sie war einer der Chefs. Mir fiel in der Abteilung überall die freundlich konzentrierte Stimmung auf. Sie lächelte ihr zartes Wolfslächeln, das ist mein Werk aus zwanzig Jahren. Sie war in der Balance mit ihrer Arbeit, die war sie. Was würde sie mir sagen, wenn sie wüßte, daß ich derzeit Grillen schreibe, Stimmungen und Stimmen? Sie geht im Schatten, in der Antike lebte eine Lehrerin mit anderen auf einer Insel, Arbeit plus Liebe gleich

Singen. Auf der Rückfahrt von der Tagung waren wir beim Du. Ihre nackten Füße standen auf dem Sitz, nah bei mir. Sie war die Ältere, sie wußte aber noch, was einen plagen kann als Jüngeren. Ohne Umschweife schrieb sie in einem weißen grünen Brief einen heftigen Satz für die, die doch genausogut ein Besen hätte werden können. Ihr Satz war wie ein Hieb, der schlug was frei, das aufflog. Ich steh in dunklen Träumen und starre ihr Bild an. Sie geht im Schatten, Strähnen haben sich aus ihrem Haar gelöst, ein Tuch weht um sie. Ihr Gesicht fängt heimlich an zu leben. Heute bin ich neununddreißig. Immer noch verheiratet mit Rupert. Das Haus am Dorfrand mit Garten. Spindelstrauch, Holunder. Fingerhut, Jasmin. Um ihre Lippen zog ein wunderbares Wolfslächeln. Sie fiel aus der Balance, schlug hin, fiel, stürzte, kehrte nicht heim, sie blieb draußen. Sie geht im Schatten, noch nach Jahren kann ich es nicht glauben, daß ich dich verloren habe.

Eines Mannes Freude

Endlich ein langer großer Tag nur Ferien. Paul Freese und seine Freundin Ulla Lengen waren aufs Land gefahren, sie hatten Freunde besucht, die wohnten in einem faustgroßen Haus zwischen Deich und Kanal. Gemeinsame Radtour ans Watt, dann liefen sie zu Fuß auf federndem Boden durchs Schilf bis zur Vogelwarte, es war Ebbe, und sie waren alle da, Rotschenkel, Wasserläufer, Küstenseeschwalbe und Wasserralle. Abends gab es ein großes Essen, Granat, Rotfedern voller Gräten und Seelachs mit Dill, dazu ein grüner Wein. Später ging der Mond gelb auf. Stand still am Himmel, spiegelte sich still im Wasser des Kanals. Schließlich waren Paul und Ulla gefahren, mit Landerzeugnissen versorgt, im Korb auf dem Rücksitz Tütchen mit Blumensamen, Marmeladengläser, außerdem neue Kartoffeln und Bücher. Paul schob die klassische Lieblingskassette ein, Ulla schlug den Rhythmus mit Fingerspitzen leicht auf sein Knie, sie fuhren.

Wir waren endlich wieder draußen. Das will ich künftig öfter machen. Ruckzuck ist man aus der Stadt, viel schneller, als man denkt. Man meint, die Freunde laufen ja nicht weg, die sind ja immer weiter da. Deshalb sieht man sich nicht, oder zu selten. Dieser Tag war schöner als der ganze letzte Monat. Im Grunde meines Herzens bin ich Hedonist, jetzt weiß ich's wieder, diesen Kuß der ganzen Welt! Die beiden Frauen nebeneinander sahen sehr gut aus, Ulla wirkt größer, sollte öfter dieses

Kleid anziehen. Was war das noch, Viskose, fällt ganz weich, schöner als andere Stoffe. Endlich raus aus den vier Wänden, das ist besser als nur immer arbeiten und abends vor die Glotze kriechen. Was gehen die da drin mich an? Wir haben aber was gelacht heute, zusammen. Rupert ist sehr witzig. Ich bin witziger. Armer Aal am Abend ängstlich ächzend, ach, Abendmahl aus Aberwitz! Der Seelachs hält vor Schreck die Luft an, das Olivenöl breitet die Arme aus, und alles lebt, und alle Menschen werden Brüder. Wir sollten uns mehr sehen. Als Paar, und ganz besonders, wenn man nicht zusammen wohnt, schmort man im eigenen Saft, die Überraschung und die Freude kommen von außen, überall das gleiche. Auch bei Marie und Rupert. Erst mit anderen zusammen kommt man weiter aus sich raus und zu sich selbst. Wobei Rupert ein Kauz ist. Der geht doch wortlos in sein Zimmer und ist weg für eine Stunde oder länger. Fremde könnten denken, er hat Langeweile. Unter Freunden kennt man sich besser und respektiert sich. Groll und Rache sind vergessen, es ist klüger, andere zu lassen, wie sie sind. Insofern war der Tag ganz rund, die ganze Welt ist ausgesöhnt, und wenn die beiden zu uns kommen, ob zu mir oder zu Ulla, gehe ich auch aus dem Zimmer, mittendrin. So ja nun nicht. Rupert ist nicht der einzige, der Ruhe braucht. Aber schließlich waren beide Frauen weiter da, im Garten, unterm Pflaumenbaum am Tisch, ganz bunt gemustert, Ullas Kleid fällt wirklich schön, geradezu appetitlich, dazu paßt als Thema doch nicht Strafarbeiten in der Kindheit. Aber wenn ihr wissen wollt, wie Väter ihre Söhne schikanieren, da geht es schärfer ab! Ulla kannte die story schon und ist doch jedesmal beeindruckt. Beide Frauen hatten große

Augen. Ja, der große Wurf ist mir gelungen, Weib und Freunde sind errungen. Brüder, fliegt von euren Sitzen, dieser grüne Wein war fast zu gut, zum Abschluß der Espresso bißchen schwach, meiner ist stärker. Aber so mache ich das auch zu Haus. Espresso. Wenn ich weiß, die Freunde wollen noch zurückfahren. Diese knappe Stunde Fahrerei ist jedesmal ein Angang, für die beiden ist es leichter umgekehrt, die haben dauernd in der Stadt zu tun, und die Entfernung ist dieselbe. Ich rechne nicht unter Freunden, aber wann bequemen die sich mal und kommen? Rupert soll das Prahlen mit dem Rentenalter lassen, Wollust ist selbst dem Wurm gegeben, außerdem bin ich meinem Wesen nach älter als er, der größere Bruder, und Marie kommt auch nicht. Ihre Arbeitsreisen und ihr Job, aber mein Job als Architekt ist härter, das sind jeden Tag neun Stunden lang Nahkampf! Darüber braucht man auch nicht klagen so wie Ulla oft, Frau Doktor und die Pest der Krankheit, Kassen und Patienten. Wann werdet ihr gescheiter und wann lernt ihr, Leistung schließt Lebensfreude nicht aus, von wegen, im Gegenteil, Leistung und Lebensfreude ergänzen einander, zügig und lustvoll, das Leben pulsiert viel wilder und freier, wenn man nicht dauernd so wie Ulla über Cephalgien oder Brustkrebs meditiert. Für so was fehlt es mir an Zeit, die Ärzte brauchen immer Leute mit Problemen um sich. Ich habe aber kein Problem, Probleme löse ich, da bin ich sicherer als mancher aus der Konkurrenz. Na ja. Mein Asthma kommt nicht nirgendwoher, aber was soll's, das Spray hilft besser, als es Ulla gerne hätte. Wegen Asthma fange ich nicht an zu joggen, Hobbies sind für Rentner und für Arbeitslose. Immerhin habe ich mit dem Rauchen aufgehört. Ein

Glück, daß wir bei Rupert und Marie im Garten saßen. Da war es auszuhalten, daß die alle rauchten. Die schaffen das nicht, aufzuhören. Ist nicht einfach, weiß ich, dreißig Gauloises am Tag mit Freuden, und die letzte im Bett und von einem Tag auf den anderen Schluß. Rupert wollte mit mir aufhören, geteiltes Leid und fester Mut, ist aber umgefallen nach drei Tagen. Ganz sympathisch auch wieder, der große Rupert zeigt sich einmal schwach, sonst könnte man ihn ja nicht lieben, nicht sein Freund sein. Unsere Freundschaft ist ein Götterfunken. Das Verstehen, daß die anderen einen verstehen. Auch stärkere Männer bewegt das zu Tränen. Man hat mich nie verwöhnt, ich hatte es vielmehr in vielem schwerer als die anderen. Aber die Freudefähigkeit habe ich mir bewahrt, genauso wie die Fähigkeit zur Freundschaft, denn ich bin Hedonist im Grunde, und im Grunde seines Herzens hat Rupert verstanden, ich bin häufiger und schneller, ich bin weiter, schöner, größer, öfter, witziger und mehr, und ich bin länger, besser, klüger, schärfer, stärker, leichter, sicherer, und ich bin älter, größer, härter, wilder, freier und gescheiter, ich bin mehr als er, denn ich hatte es schwerer.

Neid schlägt sich selbst

Als die Nachbarin mit ihrem Kleinkind verschwunden war, beseitigte Ulla Lengen die größte Unordnung, danach wechselte sie die Bluse, malte die Lippen nach und fuhr ins Centrum. Den Rest des Nachmittags wollte sie sich nach einem Kostüm umsehen, Leinen, maisfarben vielleicht. Sie lief durch die Fußgängerzone, betrat kein Geschäft, sie spiegelte sich in Spiegeln, fand in Schaufenstern nichts. Im Gehen rauchte sie Zigarette an Zigarette.

Möglichst bitte nicht, wenn es vermeidbar ist, wenn es nicht zuviel ausmacht, in der eigenen Wohnung läßt man sich das Rauchen untersagen. Alle Minister für Gesundheit ziehen mit den Muttis dieser Welt an einem Strang. Und gerade ich als Ärztin lass' die Kindlein zu mir kommen, teere nicht die zarten Lungen schwarz. Ihr Balg ödet sie an, ist ihr Problem. Ach wie beneidenswert, Ärztin, da wissen Sie sicher hier diese Bläschen. Frau Doktor empfiehlt Urin, laß mich in Ruhe. Halt mir nicht meine beneidenswerte Unabhängigkeit vor Augen, du könntest sie genauso haben. Antje Berends dreht dreist ihre Runde, weil sie keine Ahnung hat, wie sie den Tag ausfüllen kann. Frauensolidarität in der sonst so bejammernswerten kinderfeindlichen Umgebung! Bläschen als Besuchsvorwand. Mütter meinen, man muß Kinder anstrahlen, entzückend finden. Diese Frauen wissen nicht mehr, was sie mit dem Leben sollen. Haben beides ausprobiert, Beruf und Beziehung, beides war nicht recht das Wahre, Leere gähnt sie an. Die Sinnkrise ab Mitte dreißig, das Alter, in dem man die Hoffnung verliert, deshalb, wie wahr, trau keiner Frau. Die lösen ihre Lebenskrise, kriegen Kinder. Eine große Ausrede, ausreichend für den Rest der Jahre. Frau arbeitet nicht mehr, sie schiebt die Karre und ist angezogen wie aus der Altkleidersammlung. Freundinnen werden vergessen, Termine verbummelt, die große Ausrede heißt vollfett und genügsam Kind. Anton badet das aus. Daß sie nicht weiterwußte, wälzt sie auf ihn ab, auf ihn, auf Nachbarn, egal, wer ihr unterkommt. Ihr fällt zu Haus die Decke auf den Kopf, was Wunder, Wohnungstrümmerhaufen, Windeln, Klötzchen, Gläschen, GagaDreckZerstörung. Und auf, und die nächste Wohnung in Schutt gelegt. Soll ich vor Freude heulen, wenn Antje Berends in der Türe steht, und Anton prescht schon vor? Ich verstehe von Erziehung nichts. Wenn das mein Kind wäre. Man überlegt, wo kann es toben. Ein fürchterliches Alter. Anton kennt sich bei mir aus, als wäre der bei mir zu Hause, hastdunichtgesehen mit der Nuckelflasche, Tröster immer bei der Hand, rauf auf den Mülleimer, rauf auf die Arbeitsfläche, kriecht durchs Spülbecken, erhebt sich auf dem Herd. Angelt nach der Geflügelschere, Messer, Schere, Feuer, Licht, sind für kleine Kinder nicht. Die lacht. Hält sich den Mutterbauch und lacht, versteht nichts von Erziehung. Sieht nicht, daß dieser Wicht ein Glas zu Boden fegt, macht nichts, wer ein kleines Kind hat, ist eine singende Frau. Die lacht. Die greift nicht ein, die Mauläffin, und aber wenn er fällt, dann schreit er, wenn er mein Kind wäre, aber die, die quasselt von freier Entwicklung. Das ist eine Ausrede für Faulheit, für mangelnde Verantwortung, laß ihn doch bei fremden Leuten Gläser deppern, Türen reißen, Bücher beißen, die sieht gar nicht hin. Ist ihr egal. Ich und einem Kind nachlaufen. Sie würde nicht nein zu Kaffee sagen, sie steht in der Küchentür mit Maulaffen, und ich mach den Kaffee und sie dies und das, und seine Kacke neuerdings so hart, ach nee, und ich mit meinen Kenntnissen, die Irrtümer des Arztes deckt die Erde, plötzlich nebenan im Wohnzimmer Pling Plang, wer schreitet über die Klaviertasten, es ist der Wind ein himmlisches Kind, und nachlaufen, und ich fange es auf, denn Frau Mutter steckt tief gesunken in Kackgedanken. Ich habe einen freien Nachmittag die Woche, und ich kann mich gut allein beschäftigen, auch ohne ihr Gewäsch. Es gibt ein erfülltes Leben auch ohne Vermehrung. Aber die Mütter weinen Krokodilstränen gegen den Menschenüberfluß der Welt, nur selbst, selbst gönnt man sich ganzheitlich die Erfahrung und bedauert lauthals Kinderlose, von wegen Mitleid, Mütter sind knallharte Egoisten. Ich. Mein Kind. Der Bursche zetert, was hat die dem Kind getan. Ein armes Rabenkind, braucht Zuwendung, nicht Zulassen und Zustopfen. Ob ich vielleicht Joghurt für Anton hätte, wie schade, nicht Marke Fruchtzwerge, aber füttern Sie ihn ruhig. Wer hat in seiner Wohnung schon Lätzchen. Lätzchen. Anton pustet und schluckt gleichzeitig, Kunststück, der Joghurtspeier sprudelt alles voll und stößt die Kaffeetasse um. Sie will retten, schon zu spät, und dann ihr Auftritt, ganz geplagte Mutter. Hier ist es nicht kindgerecht. War deine Wohnung vor zwei Jahren kindgerecht? Haltet euch allzeit bereit. Es kommt der Tag, da schaut vielleicht ein kleiner Mensch vom Mars vorbei. Antje Berends hat bestimmt eine marsmenschgerechte Wohnung. Solche Leute, Leute von solchem Einfühlungsvermögen kriegen grünende blühende Kinder. Armer Wurm, und hat schon zu mir Zutrauen, kein Wunder bei der Mutter. Er sucht Schutz bei andern Leuten, Wärme. Das Selbstbewußtsein der Mütter möchte ich haben. Kinder in die Welt setzen, die sich nicht wehren können, jede Macke färbt ab, unvermeidbar, sie wird weitergereicht bis ins jüngste Glied, so selbstbewußt möchte ich sein. Zu sagen, schadet nichts, zu werden wie man selbst. Man möchte keinem Menschen zumuten, so wie man selbst zu werden, mit all den Fehlern und Schmerzen. Aber Antje lebt ganz einfach, skrupellos, und Anton ist ihr hilflos ausgeliefert. Man kann nur zähneknirschend mit den Eltern Freundschaft schließen, wenn man Kinder schützen will vor ihnen. Man kann nur Patentante werden, hier und da. Was soll Anton machen? Er kann nur versuchen, unbewußt in seiner Anmut Zuneigung zu wecken, Liebe, Wärme, Freundlichkeit, und wär der hier zu Haus, und wenn das mein Kind wäre, und grünen und blühen und freudenheulen und Neidtränen und immer füttern und freundlich und Würmchen aufheben und singen und nachlaufen, und auffangen einfach ein himmlisches Kind.

Was weiß er schon

Denn Anton war Anfänger, war noch nicht lang in der Zeit, und jeder Dämmer und Schlummer, jede Ruhe mittags und nachts sog ihn zurück nach außerhalb. Aus dem Schlaf aufwachend, hatte er jedesmal neu anzusetzen, wie aus dem Nichts,

plötzlich wer wo, die Wüste, plötzlich geschieht was, bleigelb gefegt, und Luftlärm woher, und pochpoch die falsche Trommel schlägt Herz aus dem Hals, und heulender Wind weht von allen Seiten, das Flugzeug wird wild gewirbelt, geworfen in bleigelbem Sturm stürzt die Welt ein, gerüttelt das Flugzeug, heult Stimme geschüttelt, gebebt toben Krämpfe, und Schluchzen und Schluchzen, und Schluchzen und Schütteln, und Schluchzen und Schwünge, Schwünge, und in die Arme vom dunkleren Ton, und Schwünge und Wiegen, und legt sich der Wind, strömt sacht, ein blaugrünes Murmeln fängt das Flugzeug, trägt es in Wellen, sanft, und Anton und Kleiner und ist ja schon gut, und Mama ist bei dir und hält dich fest, geklammert an das Weiche, Duftende, und Anton wacht immer auf und weint, dein Onkel Jan ist gekommen, sag guten Tag, und Arme um Arme und hallo Anton, kennst du mich noch, der Jan mit dem Bart, und hier ist das Zimmer, das Fenster, die Wand, die Tür, Mama, hier ist der Boden unter den Füßen, Anton ist hier, ist hier. Mama Antjes Stimme ist da. In der Nuckelflasche ist Saft. Naß in der Windel. Anton Pimpinello. Kratz nicht. Jan ist auch ein Mann und Papa Ralf und Anton. Fahren mit dem Auto, auf, da steht eins, im Bobbycar in Kurven um den Tisch um sie herum, und Anton ist so unruhig für sein Alter, und ich wollte schon mit ihm zum Arzt, bloß Ralf tut alles ab. Der kümmert sich nur, wenn Besuch da ist, hört nicht zu, packt nicht an, das Kind lernt von ihm nur, daß Männer sich drücken, und kratz nicht und fahr auf dem Flur mit dem Auto, nicht hier in der Küche! Im Schwung um den Tisch der laute Laster, Anton, bitte, im Schwung um den Tisch der laute Laster der flaute Master, raus hier verschon mich, im Schwung um die Kurve der laute Laster der flaute Master der traute Zaster, er hat einen eigenen Willen, hörst du schlecht, geh auf den Flur, die rauhe Brise, Krähen rufen Krah Krah Krah. Der Hund macht Wau. Die Katze Miau. Der Bär. Komm, Anton. Komm zu mir. Willst du? Wenn er dich nicht stört, aber sei nicht so wild, sonst geht Onkel Jan. Und klettern, auf den schweren Knienkeulen spielen, Lied vom Pferd und Reiter, hoppe hoppe, wilder schüttelnder Galopp mit Schrei, jetzt kommt die Stacheldecke! Aber eine liebe, Kitzelfinger überall und auf und ab der wilde Trab auf ab, und Fallen in den Sumpf und Plumps und Bauch voll Lachen, Luft voll Lachen, noch mal! Genug, Anton, laß mich in Ruhe mit meiner Schwester, warum, ich möchte mit ihr reden, warum, weil ich sie lange nicht gesehen habe, und warum? Verschone mich mit deinen Fragen, und warum? Darum, warum darum, und jetzt ist Schluß! Und Ziehen am Hemd, und Neuigkeiten vom Scheißchef von Jan, und sag das nicht vor dem Kind, das schnappt alles auf, Scheißchef Scheißchef, da siehst du, und Ziehen am Hemd, verfangenes Flugzeug, und Mama Krah Krah,

Anton willst du Streß haben? Ja! Und Ziehen an Anton und starke Hände und Mama hebt hoch, spiel dich nicht auf, stell dich nicht an, laß Jan in Ruhe. Er dreht immer auf, wenn wir Besuch kriegen. Sei lieb, Anton, ich möchte keinen Streß haben mit dir, verstehst du nicht, ich sehe Jan so selten, und geh jetzt ins Bad und zieh deine Windel aus, Mama kommt gleich und gibt dir eine frische, und wie er schon versteht, und Anton ist weit für sein Alter. Kaltes Kachelzimmer. Unheimlicher großer weißer Topf mit Loch wartet geduldig, will aufspießen, will verschlingen, wartet, regt sich nicht, mit Augen zu an ihm vorbei, verschone mich, Herr Topf, verschone mich und mache keinen Streß. Schwere Windel feuchte Last, die reine Luft, die Haut, die Windel in den Eimer, strenger Duft im Eimer. Auf den Hocker auf den Stuhl auf die Kommode auf das Tuch, komm, Mama, komm! Was ist das für ein großer Junge, wickelt sich bald selbst, der ist bald trocken, stillhalten, Anton, und sag Onkel Jan, weißt du, was das ist? Nase. Und hier die beiden? Ohren. Und das da? Mund, genau, und in den Mund kommt gleich dein Essen, er ißt zu wenig, spielt immer nur, und fertig, und jetzt fliegt das Flugzeug hoch und landet auf der Erde und geht in die Küche. Wenn du willst, kannst du ihn füttern, mit sanfter Gewalt, ohne geht's nicht, Anton, setz dich hin! Töpfe, Dämpfe, schwere Düfte, eine satte Ziege mag kein Blatt, und träum nicht wieder, da kommt das Flugzeug, mach den Mund auf und schluck runter, weißt du nicht, was aus den Kindern wird, wenn sie nicht nehmen wollen, was die Mütter ihnen geben? Anton weiß was!

Daheim bei ihren Lieben

Wahrscheinlich hatte ihr Bruder noch etwas vor, er war früh gegangen, der Abend war also frei. Antje Berends' Mann sagte, er würde nach dem Kind sehen, Anton schlief schon, also setzte Ralf sich an den Computer. Antje hatte Zeit für sich. Auf, raus und los, aber wohin? Ins Fitnesscenter vielleicht, oder mal wieder Sauna, was ist im Fernsehn los. Dann war es drei Stunden später. Dann stand in der Wohnung alles wie vorher. Ungerührt streiften die Augen das Chaos.

Morgen ist auch ein Tag. Mañana. Der Haushalt läuft nicht weg. Ich laufe nicht weg, im Film die Tussi schmeißt sich an den Helden ran, ab die Post, Motorradbraut. Das pralle Leben, total realistisch, Scheißglotze, laß das das Kind nicht hören, ja wohin wollte die Tussi bloß? Wieder ein ganz schwaches Happy-End, die Kamera auf Motorrad und Sonnenaufgang halten kann jeder. Von wegen Anfang und Ausdehnung in die weite Welt. Eine Bettszene wäre nett am Ende, am Ende Seidenlaken und bei Kerzenschein Champagner. Wer von Sonnenaufgang schwärmt, kann nachher weiterschlafen. Motorradfahren gibt steife Knochen. Das soll ein Happy-End sein? Wohin die Frau bloß wollte. Nach Oldenbrok kommt Neuenbrok. Sich selbst hat man doch auch in der Galaxis immer noch dabei. Absurde Weglaufwünsche, typisch Mann, als Frau sieht man das anders. Ankommen. Feststehen auf der Erde, mit beiden Beinen auf praktischen Birkenstocks. Wie schafft man sonst auf dem Spielplatz all die Sandberge. Geschirrberge. Wäscheberge, Abfallberge. Über sieben Berge muß ich gehn, durch sieben Flüsse, Schnulzen wissen Wahrheiten. Heiliger Christophorus. Wer trägt denn wirklich die Wichte ins Leben und schützt sie vor Cola und Katastrophen. Ralf würde Obst bei Aldi kaufen, weil es weiter ist zum Markt. Der war auch mit Anton schon bei McDonald's, von wegen Zuflucht vor Regen, Verrat. Doch, das sind Katastrophen. Einmal nicht aufgepaßt, und das Kind löffelt Gift. Realistische Gefahren fordern ständige Präsenz. Dieser Hochmut damals, die Menschheit erretten zu wollen. Hallo, Menschheit, bitte melden. Ein wahrer Spruch im Bioladen, heile dich, dann heilst du einen Teil der Welt. Sauna hätte nicht geschadet heute abend. Fernsehn ist auch nett, auch wenn es dämlich ist, auch gönnt man sich sonst nichts. Schlimm genug, wie lange man sich jeden harmlosen Genuß verboten hat. War damals je die Rede von glücklichem Leben? Nie. Sondern im falschen das richtig armselige Leben, mittellos trampen gegen die Umweltverschmutzung, an Autobahnausfahrten stundenlang stehen, mit bärtigen Freunden, mit Windeln als Halstuch. Wir haben nach Lateinamerika Geld abgeschickt für Waffen oder Zahnbürsten. Anton die Zähne putzen ist ein Kampf. Traurig, was man im Kinderladen sieht. Was hat Gino davon, italienisch-deutsch aufzuwachsen, wenn er außerdem noch Krätze hat? Daß Anton sich nicht ansteckt. Schon bloß die Vorstellung. Die Apothekerin, aus dem Ei gepellt scharf in Weiß gebügelt, denkt Krätze, Krätze, und fragt aalglatt, was darf es sonst noch sein? Gott sei Dank hat er sich noch nicht angesteckt. Wahrscheinlich doch. Kratzt sich zuviel, kratzt sowieso, aber Jan hat gut reden von wegen na also, wart's ab, von wegen wo war ich, von wegen wie vorhin gesagt, sein Chef und sein Urlaub, die Freizeit, die Kunst, nur immer seine Interessen. Ach ja? Hm hm. Wirklich? Und dann? Nicht möglich. Doch. Hm hm. Vielleicht war das etwas wenig Kommentar vorhin. Ich kann nun mal nicht heucheln. Seine Nachbarin malt in Öl! Eine gemeinsam besuchte Ausstellung! Sie öffnet ihm die Augen für die Fragestellungen der Kunst! Ach ja. Hat diese Nachbarin Kinder? Man wird wohl noch fragen dürfen, oder sind wir bei den Nazis. Aber dann geht der Herr Bruder, als Onkel von Anton hätte er doch wohl Pflichten, als Bruder genauso, aber er geht, wie alle, wie immer, sie stürzen sich in die nächste Reizüberflutung, Multimedia, Bungee, Internet oder Kunst. Gerade Männer. Hauptsache, Ralf weiß, was er hat, und dreht nicht durch. Spätestens als Vater sollte er erwachsen werden. Man kann nicht alles haben in der Welt. Jetzt hat er die Familie. Da muß er durch. Wie ich. Mein Gott, die Liebe, natürlich die Liebe, konkrete praktische Liebe, auch ohne Anlaß gibt es Überraschungen, Geschenke, er wollte lange die elektrische Zahnbürste. Praktisches sagt mehr als Schwüre, nur der Anfang einer Liebe ist romantisch. Von mir aus Liebe, sonst dreht er durch. Fremdgehen ist auch weglaufen. Wir haben es doch gut. Andere Frauen müssen auch noch arbeiten mit Kind. Wär nichts für mich. Man muß immer nach unten sehen. In der Beschränkung zeigt sich erst der Meister. Goethe. Ach wirklich. Hm hm. Nicht möglich. Das soll es dann gewesen sein. Welt, bitte melden. Bitte melden, Oldenbrok. Alles besser als noch einen Tag so weitermachen wie gewöhnlich. Im Fernseher das pralle Leben und in Wirklichkeit ein Ehemann, der am Computer hockt als Mouse-Potato, dafür bleibt mir die Kleinkatastrophe, mir bleibt, auf praktischen Birkenstocks durchzudrehen, unheilbar rettungslos in Schmutz gestürzt in armselige Kämpfe, scharf gereizt praktisches Zähneputzen, steife Knochen, Bürsten kratzen, Krätze putzen, mir bleibt die Krätze, die Krätze, die Krätze.

Nimmersatt

Dabei haßte er das Einkaufen. So selten wie möglich schob sich Jan Richter durch Fußgängerzone und Großmarkt. Es mußte sein. Mürrisch ließ er das Altglas im Beutel klirren. Schwerfällig stellte er seine Liste zusammen. Ergeben schulterte er den Rucksack,

andere müssen literweise Reformmilch einkaufen und Haufen von Windeln, man muß immer nach unten sehen. Asphalt und Hundekot und glibberig graugrüne Spuckebatzen. Das Einmannunternehmen zieht durch Straßen, lange Arme schwere Taschen. Jan Richter kann man aus dem Straßenbild ersatzlos streichen. Die Nachbarin riecht Wochen später einen toten Single in der Wohnung nebenan. Selbstmitleid ist stillos. Stil ist ihr Lieblingswort, so sieht Jutta auch aus. Im Alter aller meiner Tanten. So was grüßt man mit Herablassung im Treppenhaus. So eine Sekretärin ohne Anhang. So täuscht man sich, bis man in ihrer Wohnung über ihre Bilder staunt. Blinde sollen sehen. Aber was? Die Gegend hier lohnt keinen Blick. Alles besetzt, wohin auch die Augen fliehen wollten. Hier, im Schaufenster der Firma Badeparadies neben den Klobürsten aus Gold die Duschreklame, eine schöne Nackte aalt sich unterm Wasserstrahl. Das ist ein modernes Zitat der Venus von Botticelli. Man leiht sich den Reiz alter Bilder, um die neue Botschaft zu verkünden. Als Werbefuzzi weiß ich das. Weiß jeder. Mein Wissen ist gleichzeitig meine Ohnmacht, es legt sich grau über die schöne neue Venus.

Da kann ja nichts mehr schiefgehen im Leben, wenn schon auf jedem Klopapierblatt danke steht. Was denn? Jutta hört nicht zu, wenn man mit ihr hier langgeht. Nennt einen schlecht gelaunt. Die sieht aus, wie wenn man alle meine Tanten übereinanderlegt. Die findet selbst in dieser Kaufzone Gründe zum Stehenbleiben. Das Licht in dieser Pfütze hier! Sie umkreist die Pfütze wie ein Dackel den Laternenpfahl. Bei deren Tempo muß man früher aufstehn, wenn man etwas vorhat. Neulich in New York bin ich freiwillig morgens losgezogen. Eine Feuerleiter schöner als die andere, und wie sie die Gebäude rhythmisieren. Häuser als lange elegante Glassäulen, mit Fühlern obendrauf. Oder die Dächerlandschaften, man möchte in Riesenstiefel steigen und schreiten wie auf den Bildern von Escher. Ich hab mir den Nacken verstaucht beim Hochsehen an all den Wolkenkratzern, Anton müßte theoretisch ständig Schulterschmerzen haben, wenn er an uns aufsieht. Das Glücksgefühl, im Regen mit der Menge auf der Lexington, mit anderen über die schäumenden Wildbäche in den Straßenrinnen zu setzen. Klatschnaß in die nächste Bar mit Raucherlaubnis und da langsam trocknen, hauptsächlich aber raussehen, wer läuft da. Rate, wer ist das. Gut gekleidet, stierer Blick hinter der Goldrandbrille, und für jede Lebenslage ausgerüstet, zielstrebig, als ginge es zum nächsten Glascontainer. Deutsche in New York sind das. Das bin ich, zu Haus, bringe mein Altglas weg. Die Leute ziehen kreuz und quer vorbei mit leeren, vollen Taschen. Die meisten haben einen kriegerischen Gang, als müßten sie Fluten zerteilen. Schwere Schlachtschiffe. Und dann ein Augenblick ein Glück, das rote Mal auf dem weißen Hals der Frau, die hinter ihrem Tresen steht und Bratwurst auf dem Rost umdreht. Da sind die Jungens in den weiten Hosen, um die Kniekehlen baumeln die Hosenböden. Sie springen mit den Skateboards, hinter ihnen flattern ihre Schnürsenkel good bye, my friend. Tauben flattern träge auf und aus dem Weg, ein Pappteller treibt im Springbrunnenbecken. Verrenkte Mädchen balancieren auf Plateauschuhen, groteskes Schreiten. Frisch geduscht und parfümiert eilen die Banker, in der Tür der Bäckerei steht ein Verkäufer mit verschränkten Armen vor der Brust, als müßte er sich selbst festhalten. Lauthals und wichtigtuerisch die Gruppe junger Biertrinker. Hilft ja nicht, so bunt die Schrift auch leuchtet auf den Jogginganzügen. Was hilft? Ein kleingewachsener Soldat versucht, seine Gesichtszüge beherrscht zu halten, undurchlässig. Die beiden Frauen auf der Bank mit straffgespannter Haut und Farbe im Gesicht haben sich liften lassen. Nur die Bewegungen können ihr Alter nicht verleugnen, mümmelnde Kiefer, und die Kraft zum Aufstehen kommt nicht mehr aus den Beinen. Ihre Hände werden weiß vor Anstrengung, wenn sie sich an den Krücken hochstützen. Das ist mein Leib, das sind wir, Leute, die fuchteln, hasten, schlurfen, die wie von aller Welt verlassen ihre Bahn ziehen. Die Gesichtszüge entgleisen heimlich, sagen dauernd alles mögliche, ein Durcheinander, Wispern, Brummen, Stöhnen, Summen, Streiten, Ächzen sagen die Gesichter. Das Leben hat sich angestaut in ihnen und drängt raus, teilt dringlichst mit, was doch vielleicht einmal gemeint war oder wie man anders möglich wäre. Da bin ich neugierig. Wie würden wir wohl aussehn unter besseren Bedingungen? Die dürre, blasse Aushilfe beim

Schlachter haucht sich auf die roten Finger, findet sich ertappt, ihr Lächeln macht die Züge weich, darf es noch etwas mehr sein, draußen rennen mit fliegenden Hacken zwei Kleine im Kreis, sie werfen entwaffnend die Arme, der Wind geht im Kreis, treibt Abfall zu Wirbeln, die Augen werden nicht satt.

Die Scham ist in den Augen

Nachdem Schwester und Schwager gegangen waren, ließ Jutta Ehlers sich in den Lieblingssessel fallen und zappte mit der Fernbedienung, bis der im Programmheft angestrichene, oft gesehene Lieblingsfilm anlief. Sie könnte sich auch jetzt wieder in der kleinen schrägen Musik verlieren, könnte die Dialoge und Schnitte bewundern. Sie sah, ohne zu sehen, der innere Film war unabstellbar,

hähie kiecks spreiz ähie hihi, laß doch, vorbei vorbei vorüber sind die Stunden, danke schön, das war's. Ich bin satt, wo ist mein Hut, hihi, so ist sie. Schatz, findest du nicht auch, so ist sie. Was ist das für eine Spannung zwischen uns. Ich sehe meinen Zahnarzt öfter als die Schwester. Kerstin glänzt im Recht. Warum sind sie zu zweit gekommen. Sie wollte lästern über ihre große Schwester, mit Gerdschatz an der Hand. Ich hätte sie ganz gern allein gesehen, den süßen Nesthaken, das Elefantenküken. Einsfünfzig mal einsfünfzig. Hat aber Stil. Sieht sehr gut aus. Als wohnte die in ihrer Haut. Sie tatscht mit Schatz im zehnten Jahr. Nein, anders, ohne wenn und aber, schöne Liebe sieht schön aus. Eine aus der Familie hat das Familienübel hinter sich gelassen. Kerstin ist nicht mehr ein Zinnsoldat. Die ist ein runder Mensch mit Schwung. Wie hat sie das geschafft? Willkommen. Wir hatten uns mehr als ein Jahr lang nicht gesehen, nur telefoniert von Staße zu Straße, ihr telefonisches Hihi hätte schon warnen können. Warum mußte sie Gerd mitnehmen? Aber gut, dann kommt die Lütte, und dann soll es schön sein. Ich hätte ein Kälbchen geschlachtet, aber die beiden leben gerade Obstdiät, am besten Bioobst, die Lauferei danach hat sich aber gelohnt. Als sie dann klingelten, klopfte mein Herz. Poch Poch. Und tocktock ihre Absatzfüßchen und ihr Knallküßchen, die roten Lippen auf die keusche Schwester Mönch. So meint sie, von wegen Lesbe. O.k., das ist jahrelang her, o.k., sie hat sich entschuldigt, o.k., vorbei und verziehen. Warum muß sie mir aber einen ganzen Abend vorführen Tatsch Schmatz den Schatz, und läßt ihn gar nicht los? Ich muß meine Liebste wochenlang loslassen. Willkommen, nehmt Platz und seid fröhlich, wie man so sagt. Kerstin tockt an mir vorbei, Schatz, sieh doch mal, hihi, Jutta hängt Bilder falschrum auf, vielleicht ist das der neue Trend der Avantgarde, hihi. Ene mene muh und raus bist du. Da war nie wer. Sie war mit Gerd lachend verbündet, ich blieb draußen. Alles nur ein Spaß, leicht wie ein Lüftchen, oberflächlich sieht sie in die Küche, Schatz, was meinst du, machen wir auf Obsttag heute oder was? Am Ende also dreimal Pommes rotweiß nebenan und also die Erdbeeren Obstfliegen Mulsch, aber gut, die Lütte ist nicht mehr barbarisch preußisch konsequent, so wie die übrige Familie, also gut. Genießermensch, wie sie den Mund aufriß als Kleinkind, ihr Schlund war einladend in rosa Licht, wenn man sie fütterte. Ham, haps, mehr, hast du noch nicht genug, nein, schrie der kleine Häwelmann, die fremde Frau steht eingehängt in einen fremden Mann in meiner Wohnung. Schatz, sieh mal dieses Bild, sieht das nicht aus wie neulich, als ich die Kaffeetasse umgeschmissen habe? Vielleicht werden wir noch

Künstler, Spaß muß sein. Und wollen wir nicht in den Park? Kerstin redet nicht zu mir, sondern über mich weg, zu Gerd, na gut, der ewig blöde Park, als gäbe es nichts anderes. Also gut, Grünzeug, und Gerd mit Fotoapparat, und knips ein Baum und knips, noch einer, wir stehen daneben. Beim siebten Baum will ich ein Stück vorausgehen zur nächsten Bank, da kommt ihr weher wilder Schmerzensblick, entsetztes Gehst du weg? Entsetztes Laß mich nicht allein, Papa und Mama früher unterwegs abends, schon viel zu lang schon tiefe Nacht, da kommt sie in mein Bett mit den eiskalten Stinkefüßchen. Da bleibe ich eiskalt neben ihr unter Bäumen stehen. Wird es dir wärmer? Gerd schießt Fotos, und dann ödet es auch Kerstin an. Wir könnten schon vorausgehen zum Weiher, du und ich, bis Gerd nachkommt? Uns auf die Bank setzen und eine rauchen? Trieftropf die Kleine, wieder so entsetzt, nicht ohne Schatz allein gelassen mit der großen Schwester sein. Ich hab es selbst verschuldet, mea culpa mea culpa, damals wollte Kerstin mit mir spielen, ich nicht mehr, Zeichnen war mir viel lieber. Ich habe mich fast immer gegen ihre Wünsche durchgesetzt, sie stand im Schnee. Und die Spiele, die ich kannte, waren dunkle und verstörte Rituale, die sie, sagte sie mir später, fürchtete. Ich muß Macht über sie besessen haben, eine Macht, vor der mir graut, denn andere, die ihrerseits das mit mir machten, was sie wollten, haben mir die Seele umgedreht im Leib. Es hat jahrzehntelang gedauert, bis die Quälerei vorüber war, mit Hilfe meiner Liebsten und der Therapie. Ich bin jetzt leidlich frei, und soll eine gewesen sein, die andere das Fürchten lehrte? Die eine kleine Schwester stehenließ, ohnmächtig? Die da war und zugleich allein ließ? Schreckliche Scham, man will sich selbst nicht kennen, man will nicht so gewesen sein, man will die Zeit zurückdrehen, es tut mir leid, Tropf Tropf. Tränenüberströmt der Stinkeschweiß der eigenen Scham, ich böser harter Mönch, die süße runde kleine Schwester hoffnungslos verzweifelt, aussichtslos ihr Blick, die Scham bleibt lebenslänglich über ihren Blick, über den wilden Schmerz, der sie ist, aber nein, hihi, lacht sie, vorbei, verziehen längst, ihr süßes Lachen, lach noch einmal dein Hihi, ich bleibe unter jedem Baum der Welt für alle Zeit neben dir stehen, Schwesterherz, laß mich nicht mehr nur die sein, die dir etwas antat, lach wieder mit deinem roten Mund, aber du gehst, du gehst, nichts ist vorbei, die Macht war da und dein Verlassensein, nie wiedergutzumachen das Alleinelassen, laß mich nicht allein.

Er macht seinem Ärger Luft

Während der Rückfahrt verstand Gerd Heise, was ihn bei der Schwägerin immer schon unklar verärgert hatte, und beim Versuch, seiner Frau seinen Eindruck zu schildern, verschärfte der Ärger sich. Er fuhr so ruckartig wie selten, seine Hände schlugen den Lenker, er preßte und polterte Sätze heraus,

was heißt hier Schatz, ich bin nicht ärgerlich, du willst verharmlosen. Deine Leute sind doch alle nicht bei Trost. Du kannst froh sein, wenn sie dich in Ruhe lassen. Willst du nicht gehört haben, was Jutta sagte? Als es über Filme ging, was muß sie auf Sekundenfilmen rumreiten, auf Video, denn Jutta ist sich ja zu schade für das übliche Programm. Es muß schon dieser Kristl, dieser elitäre Filmemacher sein. Hoffentlich fällt die Macht eines Tages allen Leuten auf den Wecker. Du glaubst doch nicht im Ernst, die zitiert diesen Spruch ohne Hintergedanken! Siehst du nicht den Zusammenhang? Der Mann an sich ist das Böse schlechthin, die Gewalt, die Macht, der Vergewaltiger und Kinderschänder. Das Weltbild dieser Leute ist erschreckend einfach. Jutta sieht sich auf der Menschheitsseite, Humanismus und Kultur und Künstler gegen Krieg, das hast doch du damals erzählt, wie sie zum Golfkrieg Grafiken verfertigt hat. Wenn ich das schon höre, Grafiken! Sekretärin ist sie. Wollen wir doch realistisch sein. Für so eine wie die bin ich der kalte Bürokrat, der namenlose Sachbearbeiter, der seine Machtgelüste an den armen unschuldigen

Negern austobt. Nein! Dieser Spruch ist ihr nicht einfach rausgerutscht! Indoktrinieren wollte sie! Wir sind für diese Leute nur die willenlose Masse, die erzogen werden muß. Diese Gutmenschen sind bis ins Mark verlogen, laß mich dir das sagen: Wer nicht begreifen will, daß in uns allen auch das lustvoll Böse steckt, wer sich für unschuldig und rein hält, der bringt am Ende den schlechten Rest der Welt in die Gulags. Die fangen an mit Kerzentragen, letzte Haltestelle RAF, so läuft das bei den Friedensfreunden. Danach sind sie es alle immer nicht gewesen. Hätten die Alliierten Hitler weitermachen lassen sollen? Grafiken gegen die KZs statt Militär? Da waschen Leute vom Schlag deiner Schwester die Hände bescheiden in Unschuld, ziehen sich zurück in Nischen und möchten sich bitte gerne raushalten. Hat Jutta je Morddrohungen gekriegt von Ausländern? So wie wir in der Behörde dauernd? Hat die je diese Pulks von ungewaschenen, verschwitzten, unverschämten Männern vor der Nase gehabt? Diese Puritanerseele. Ihre unaufdringlich schlichte Eleganz. Ätherisch. Ausgerechnet deine Schwester meint zu wissen, was der Rest der Menschheit wollen soll. Die weiß selbst nicht, ob sie ein Männchen ist oder ein Weibchen. Die ganz subtile Tour, versteckt hinter Zitaten irgendwelcher Filmhanseln. Ich will dir eins sagen. Das macht sie mit mir nicht noch mal. Hoffentlich fällt die Macht eines Tages allen Leuten auf den Wecker! Vorsichtig, ganz vorsichtig! Gefährlich blauäugig. Wer stellt denn in Exjugoslawien und Ruanda unter den Tollwütigen wieder Ruhe her? Sich bloß nie selbst die Hände schmutzig machen. Fernab von der bösen Realität die heile hohe Kunstsphäre, die Flucht in die Fiktion von Bildern. Was hat sie denn wirklich auf der Hand. Einen hinterletzten Tippjob, aber mit gespitztem Mäulchen, sü kümmt schün üs, sü wüll nür ührü Ürbüt müchen. Konkret heißt das, sie übernimmt keine Verantwortung, der böse Schwager holt die Kohlen aus dem Feuer. Wenn wir nicht den Buckel hinhalten würden im Amt, dann könnte die bald zu Allah beten und säße verheiratet und verschleiert ans Haus gebunden, oder sie wäre schon ex, die Fundies fackeln nicht lang mit solchen wie der. Jutta ist doch naiv. Auf die islamische Bedrohung und andere Probleme kann man nicht mit dem Spruch antworten, keine Macht für niemand. Die will nicht erwachsen werden, sieh sie dir doch an, die Schwester mit den feinen Gliederchen, das Püppchen ißt ja wie ein Vögelchen, was für ein zarter kleiner Arsch, da darf man nie drauf schlagen, sind so kleine Kinder. Pfui Deibel. Hoffentlich fällt die Macht allen Leuten auf den Wecker, weißt du, was das heißt? Tu mir nichts, ich tu dir auch nichts, heißt das. Dieses spröde Abstandhalten, dieses zage Rührmichnichtan, als wäre sie gerade vom Himmel gefallen, so was gehörte geschüttelt mit Macht, und Macht ist erotisch, und davor hat das Fräulein Jutta Angst, vor Erotik, als hätte ich das nötig, deren Dienste in Anspruch zu nehmen, so pervers bin ich nun wirklich nicht. Für mich sind diese widerlichen Lesben so erotisch wie die Stoßstange da vorn.

Was für eine Fantasie

Jetzt war Kerstin Heise auf einem Weg, den sie in Tagträumen schon oft gegangen war. Die Verabredung als Einladung zum Tee war spontan telefonisch zustande gekommen, jetzt fühlte sie sich wie im Urlaub. Auf hohen Absätzen, im neuen Blazer und geschminkt mit Sorgfalt trug sie sich durch die eigene Stadt wie durch Paris, durch die Sonne zum Haus eines Mannes.

Jetzt bin ich da, wo ich mich so oft hingeträumt habe. Warum wird das, während die Sonne scheint, ein schwarzer Traum? Nichts ist dabei, warum denn nicht, am hellen Tag den Seminarteilnehmer von neulich zu besuchen, fortzusetzen Fragestellungen, Konfliktbewältigung am Arbeitsplatz. Austausch von Unterlagen, Reden übers rein Berufliche hinaus, das bleibt nicht aus. Am Telefon hat er so interessant erzählt, in diesen Kreisen haben sie es auch nicht leicht, selbst wenn sie dickes Geld verdienen. Alleinstehend in großen Gärten schwere alte Häuser, nahe am Park. Warum denn nicht. Warum mußte Jutta neulich sagen, sie würde keinen fremden Mann zu Haus besuchen? Sie kann einem leid tun in ihrer Klause, ein Käfig, wenn ich ein Vöglein wär, ich flieg ins Vogelnetz, Fallensteller, bin ich auf dem Weg in eine Falle? Muß rechtzeitig kehrtmachen? Kein Mensch weiß, wo ich mich aufhalte. Gerd weiß nichts von Joachim Tempel. Gerd weiß nicht, daß seine Frau zu einem andern Mann zum Tee geht. Die Rede war am Telefon von Tee. In der Geschichte die Bilder, was tut in der einsamen Hütte der Mann mit der Frau mit den Ketten. Mit Tee und Frau und Tochter? Gibt es eine Tochter, gibt es eine Ehefrau? Vielleicht hat er gelogen. Vielleicht lebt er allein. Kiwitt, Lockruf, hereinspaziert, der Riegel vorgelegt, und niemand hört die Schreie. Keiner weiß, wo ich jetzt bin. Gerds Anruf vom Büro aus käme heute abend schon zu spät, keine Kerstin würde je noch einmal einen Hörer abnehmen von einem Telefon. Keine Kerstin je noch einmal. Hier stehen alte Villen in großen Gärten. Kein hilfreicher Passant in Sicht. Zum dritten Mal vorbei am Grundstück. Gartentörchen runterklinken, Kiesweg, vielleicht sieben Schritte, den Finger noch auf die Klingel gelegt, doch innen kein Geräusch, lautlos, wird reingezerrt. In der Geschichte die Poster, Pin-ups an den Wänden, auf die mit Dart-Pfeilen, nein. Ein Seminarteilnehmer, sympathisch. Ein sonniger Tag. Charmant winkt die Vernunft, eine Dame im Blazer, geschminkt, in weiblicher Uniform wahrt den Abstand, ist stets gerüstet, sagt rühr mich nicht an. Es war das Interesse an der Fortsetzung der Diskussion. Ich habe mit diesem Mann alles andere vor, als zur Seite zu springen. Es kräht heute kein Hahn, kein Gerd, wenn eine Ehefrau bei einem anderen Mann Tee trinkt. Ich hätte es Gerd sagen können, ohne daß er kräht, warum nicht? Keiner weiß, wo ich jetzt bin. Der Garten sieht verwildert aus. Wozu dienen Häuser, wozu dient dies Haus, Gardinen ins Fenster hängen kann jeder, Deckadresse, woher weiß ich, wer hier wohnt, zu viele Krimis. Wird reingezerrt, ehe ein Schrei, das schwarze Tuch, das Chloroform die alte Maßnahme, und gute Nacht, und morgen früh, wenn einer will, wieder geweckt, gesteckt in ein fernöstliches Bordell, das war ein anderer Film. Film ist Film und Fantasie. Wirklichkeit ist Wirklichkeit. Zu viele dumme Bücher. Fantasie an die Macht von wegen, die Macht soll allen Leuten auf den Wecker fallen, wer sagt das, wann war das, ich trinke Tee mit einem Mann und setze den Erfahrungsaustausch fort. Warum haben wir uns nicht verabredet für ein Café. Warum bei ihm zu Haus, verzeihen Sie, Herr Tempel, meine Schwester Jutta bekennt sich zum Feminismus, sie betet herunter, es sind Bekannte Nachbarn Verwandte welche den Frauen Gewalt antun, Amen, sie ist meine große Schwester, könnten wir uns im Café treffen? Mit solchem Anruf würde man sich lächerlich machen. Jutta, du kannst nicht mitreden, dein Blickwinkel ist lesbisch eingeschränkt. Als selbstbewußter Mensch fürchte ich selbstbewußte andere nicht, und ich verschwende nicht Gedanken auf die hohen Absätze, ob sie am Laufen hindern, auf dem Absatz kehrtmachen, es ist das Geheimnis der Dame, es ist ihr Auftreten ihr natürlicher Schutz, von wegen Vermißtenplakat und Hinweise an die nächste Polizei, wer hat gesehen zuletzt bekleidet mit Größe einsfünfzig vollschlank, Gerd lobt Ländereien zum Streicheln. Schatz. Er ahnt nicht, daß Minuten über Nichtsein oder Sein entscheiden, jetzt, in zwei Minuten vielleicht alle Reue schon zu spät, die Uhr zurückstellen zu können schon zu spät, wer schenkt mir zwei Minuten. Die Gefahr der Anonymität, es ist nicht erotischer Reiz verbunden damit, was soll denn reizen, Knebel oder Ketten? Sir Stephen war ein Psychopath und die O genauso, im Video tobt sie in Ketten unbeherrscht, erregt von Angst, windet sich in den Fesseln, Gewalt ist erotisch, das sagt Gerd auch, was man so sieht auf Video, zusammen sieht, weil sonnenklar ist, Fantasie ist Fantasie und Wirklichkeit ist Wirklichkeit. Wissen das alle? Herr Tempel in der Villa riecht die Angst, steht an der Tür mit Tuch, es kann einer tagen und tagen und ist Triebtäter. Woher weiß ich, daß Joachim Tempel weiß, es gibt nur eine Wirklichkeit? Viele sagen, es gibt viele. In allen Videos die Grenzenlosigkeit, alles erlaubt, was ich mir verbitte, hören Sie, ich verbitte mir das, ein Angsttraum, nein, denn wirklich verschwinden Frauen, sie sind sehenswürdig und sensationell, zerstückelte Körper am Ende in einer Tonne, wen interessiert in Honolulu eine zerbrochene Frau, es gibt sie genug in Hülle und Fülle in Tonnen, woher dieser Leichtsinn, mein armer Gerd, das wird sein letztes Wissen von mir sein, Betrug, wenn es das wäre, war doch nur Naivität, war Spielen mit dem Feuer, einen Flirt fortsetzen, ich liebe niemanden, nur Gerd, exakt so wie sich das gehört, Tempel kann mir gestohlen bleiben mit der glatten Gnadenlosigkeit, vergebliches Weinen und Schreien, verschmiertes Make-up lädt ein zu weiterem Wüten, oder lautlose Lauer wie Schmetterlingsspießer, das Zucken und Winden, geknebelt, nur Tränen und wilde Augen, ich werde dies Haus nie betreten. Was denn. Ist das seine Frau, die da die Topfpflanzen im Fenster gießt? Die sieht aus wie Witwe Bolte. Denn man zu.

Freie Bahn dem Tüchtigen

Selbstverständlich sollte Natascha ein Wochenende mit einer Freundin auf Tour gehen, die Welt aufmischen, Joachim Tempel unterstützte jede Aktivität seiner Frau. Und ohne Auflagen ging Mirabella, die Tochter, zur Fete, sie würde bei ihrem Freund übernachten, warum denn nicht. Joachim selbst war am Samstag vormittag erst im Garten beschäftigt, später ging er ins Fitnesscenter, und lag dann schließlich zu Haus in der Badewanne in Düften, genoß die Stille, das weiche Wasser, er summte und brummte sich was.

Aida Aida Aida, hat sich was mit Tragik, Verdi, A-i-da. Das Zauberwort, Simsalabim die Weltformel. Der Mensch ist frei geboren, auf ins Offene, frei wie ein Vogel, die Gedanken sind frei, die Gefühle, das Tun. Was ist der Mensch? A wie attention, i wie interest, d wie desire, a wie action. Wir lassen die verknöcherten Moralbegriffe los, und danach wachsen Selbstbefreiungskräfte wie die Blumen auf dem Feld. Nataschas Wege aus der Psychiatrie, Schluß mit passivem Kannichnicht, der Wille ist und tut Alles. Jawohl, die Melodie des Lebens, summ summ summ, die duftverlockte Biene lebt im süßen Rausch jedes Bedürfnis aus und holt sich, was sie braucht. Sie schenkt sich selbst Aufmerksamkeit. So einfach ist das. Das ist das kleine Einmaleins, Leute. Am Anfang war die Güterknappheit und die Erde wüst und leer. Was ist heute kostbar? Das knappe Gut Aufmerksamkeit. Alles drängt an die

Öffentlichkeit, fordert Beachtung, posaunt eine Botschaft, die Kirchen, Greenpeace, organisierte Penner und Kurden. In dieser Flut von Beeinflussung kämpfen wir um die Herzen und Hirne der Leute, Sie kennen doch die Sprüche, Fischer, na also, wir kämpfen und siegen. Andere zum Handeln bringen, und dabei immer von sich selbst ausgehen. Wonach steht mir der Sinn, horch und geh aus, Herz, suche Freud. Wo ich nun mal auf der Welt bin, würde ich gern schön und munter weiterleben, arriverderci Konjunktiv, alles jetzt hier. Ich will. Mir geht es gut. Ich brauche keine Utopien. Auch kein langweiliges Planen, wo uns längst die Jugend vorlebt, panta rhei, flexibles Leben, alles fließt. Altes buddhistisches Gedankengut und postmoderne Patchwork-Identität ergänzen sich. Ich bin viele, welch ein Jubel, welch ein Segen. Unvorstellbar, daß die Leute immer nur gelitten haben wollen unter Spaltung. Warum Spaltung nennen, was bereichert? Gestern war ich Mönch, bin heute Don Juan und werde morgen Cäsar, übermorgen flieg ich über allen Wolken Richtung Mailand. Das ist offene Identität, ein alter Menschheitstraum wird wahr in müheloser Schönheit. Logisch muß die Kasse stimmen, aber wenn du der Gesellschaft nichts zu bieten hast, dann ist das dein Problem und nicht das der Gesellschaft. Woran liegt es denn, wenn Typen wie der Fischer bei der Nachhut bleiben, nett gesagt? Wenn einer Kluges unternimmt und nicht darüber redet oder reden läßt, dann kann's ja sein, er ist intelligent. Aber wenn er mausearm bleibt, ist er offenbar nicht sehr intelligent. Erfolg gebiert Erfolg, ein transparentes Beispiel dafür ist die Agentur. Unser Name und das Logo sind in aller Munde seit der letzten

Kampagne, ein Top-Feldzug, da geht es weiter lang. Heute sind die anspruchsvollsten Bilder oder Filme Werbespots, ganz klar, da fließt das meiste Geld und alles Können rein, man muß in kurzen, schnellen Bildern überzeugen. Gute Werbung will nicht umerziehen, sondern stärkt Bedürfnisse und Wünsche. Interest, desire, los geht's, action! Werbung ist mehr als die Hälfte des Lebens, auch die Blumen des Feldes verführen und locken, das ist Natur, Herr Vater, verschon mich mit deinem muffigen Kulturbeutel, die Herren Ovid und Hölderlin waren Kreative. Und wenn dir tausendmal die Augen aus den Höhlen treten. Dein Problem, wenn du Privatgelehrter werden wolltest. Nichts für mich. Ein Student muß auch nicht enden so wie Mariechen, draußen bei Schafen und Fliegen. Wann nehmt ihr euer Leben selbst in die Hände, Leute. Action, das Dasein ist einmalig, jetzt und hier und gleich und dort, ein schäumend weißer Blitz entlädt sich in den Feuerberg, gewaltig frei und Rausch und eins sein mit der Woge, oben auf der Welle reiten, Gipfelstürmer auf dem Höhepunkt, spritzend die Gischt, die Flagge in den Grund nageln mit voller Wucht. Ich öle mir den Orgasmus mit meinen Erfolgen, so sieht's aus, daß man geschmeidig durch die Steppe reitet an die stille Quelle. Ich bin von nichts und niemand abhängig, hehe, Hörr Vatörr, du siehst mich so bald nicht wieder, mit deinem aggressiven Genörgel und mit deiner Mißgunst. Laß dir die Chips im Hirn erneuern! Dein Kronosgetue ist nur greisenhaft und gigaout. Dies ist die Zeit der Könige nicht mehr, in deinen Worten, das ist die Zeit von King und Madonna und Prince und Prinzeß. Alles Müller oder was? Prost, ein gutgemixter Drink hilft über negative Phasen weg, er wandelt Frust in Lust. Dank sei den Wochenendseminaren. Führung, Kommunikationstraining und Selbstbewußtsein. Jetzt stehe ich zu meinem Leben. Mein Leben steht zu mir. Das Prinzip Aida sei gelobt, nicht die Erwartungen der andern zählen, Freiheit heilt, freedom is just another word, die gute alte Janis Joplin, unsere Geburtshelfer von einst, nur leider selbst so unfroh, konnten das gelobte Land nur zeigen, auf die Plätze, los, ich bin schon da. Jeder will raus und alles. Nataschas Ausbruchswünsche waren jedermann verständlich, lenk sie in gesunde Richtungen, flieg nach Griechenland, zum Tanzkurs auf die Inseln, lerne holotropes Atmen, fahr zu Miß Saigon, das Angebot ist da, greif zu, die Welt lächelt uns an. Ich lächele die Welt an, auf der Welt gleich um die Ecke leben in der casa di toleranza meine Freudendamen, Tanja, Lola und Lolita, und ich komme, Bahn frei, interest, desire, action, hey, man! Ich sage, was ich tue, und ich tue, was ich will, und niemand hält mich davon ab, ich bin ein freier Mann in einem freien Land und nehme mir die Freiheit.

Sie ist mit Talent gesegnet

Natürlich verlangte sie nicht, daß die ganze Menschheit ihr Interesse teilte, denn schließlich hatte Wiebke Tempel einen Kreis Gleichgesinnter um sich. Man hatte den Nachmittag miteinander verbracht, und jetzt, nach dem Abendessen, könnte sie ihre schmerzende Hüfte im Liegen entspannen. Leise schloß sie die Schlafzimmertür hinter dem dösenden Heinrich, krückte von Zimmer zu Zimmer, sie besah und betastete ihrer Hände Werk,

ich sage, das ist eine schöne Leistung. Wenn man bedenkt, daß ich erst ein Jahr mit dabeibin. Ein netter Kreis. Überwiegend gebildete Leute, mit Kunstsinn, überwiegend älter natürlich, Staub bist du und Staub wirst du, aus Lehm und Ton und Schöpferkraft gestalte ich aus dem Nichts und sehe, daß es gut wird. Punkt. Dahinter muß ich mich nicht mehr verstecken. Ein wahres Wort vom Leiter aus der Volkshochschule. Meine liebe Wiebke Tempel. Aktive Senioren können wir hier an zwei Händen abzählen. Sieh sich doch einer Heinrich an. Der Leuchter, hier, der Lampenfuß, wer hat das Deckchen weggenommen, meine Putzfrau kratzt mir noch die Politur kaputt. Hier die Blumenkörbchen, keins ist wie das andere. Blütenblätter brechen leicht. Nicht vergessen, den Leiter in die Liste der Weihnachtspräsente einzutragen, eine Pierrot-Puppe vielleicht? Dieses fein geschnittene Gesichtchen, nein, für einen Mann Dezentes, dekorative Kacheln machen sich überall gut. Aber bitte nicht in die Spülmaschine, wenn man Frau Alting nicht auf die Finger sieht, bringt sie das fertig. Die Kacheln sind noch aus der ersten Zeit, und strahlen trotzdem edle Schlichtheit aus. Die Linienführung braucht eine ruhige Hand ohne Parkinson, da staunt vor allem Thomas Becker. Dieser fürchterliche Tatterich, wie sollen seine Kachelreliefs je fertig werden, Parkinson, Papperlapapp, das ist Nervosität, nun bleiben Sie doch ruhig sitzen und hören Sie auf mit dem Hüsteln, seine Reliefs sind erbärmlich. Aber. Meine Neigungen von Haus aus sind aus gutem Haus. Natascha paßt nicht zur Familie, jetzt hat Joachim den Salat. Depressionen! Diese Schale hier, Majolika, mit Blüten dekoriert, das kann Natascha auch mit etwas Übung, wenn sie sich nicht hängenläßt. Joachim hat Geschmack von Haus aus, und die Leiterin zeigt wirkliches Verständnis für die Schäfergruppe. Das Wesen des Rokoko ist auch besonders gut wiedergegeben. Pastelltöne, duftig und zart. Er lehnt sich zierlich an den Fels, sie neigt graziös ihr Köpfchen. Eine galante Szene, da stecken viele Stunden Arbeit drin, allein in schöpferischer Stille in der Küche. Aus Talenten etwas machen. Joachim opfert seine Begabung, der Junge wandelt auf dem breiten Weg. Jeder muß für sich entscheiden, wie ernst er das Künstlertum nimmt. Natürlich gibt es Neider. Ist es zu verantworten, meine Begabung einem, leider muß man sagen, Greis zu opfern? Heinrich döst auf dem Bett, er fordert und mault, er hat keinen Sinn für Schönheit. Voraussetzung sind Fleiß und Fingerfertigkeit, Talent ist ein Geschenk. Und natürlich das Studium alter Motive. Porzellan entspricht dem Formgefühl des Rokoko. Solche Bemerkungen streue ich ganz nebenbei ein, wenn das Material verteilt wird. Mancher kommt ins Nachdenken. Ich will nicht ungerecht sein, das Katzenpärchen von Bille Fischer geht in die richtige Richtung. Warum muß aber der Becher vier Ecken haben? Ich habe grüne Tonne nicht gesagt, und wer nennt meinen Hirtenjungen Nippes, zerschlagen Splitter alle Mühe Scherben, muß ihn falsch verstanden haben, der ganze Kurs ist nämlich lange über das Stadium Handwerk hinaus. Aber. Die Leiterin bedauert vorhin, den Schritt von der Keramik bis zur Kunst schaffe von hundert vielleicht einer. Sie steht auf der Geschenkeliste obenan, ein Blumenbouquet macht sich überall gut, die Leute reißen mir die Bouquets aus den Händen, wie neulich beim Petruskirchen-Basar. Eine schöne Bestätigung meines Schaffens, nur, was tuschelt Dings vorhin zu Becker über meine Schäferin, was hieß das, Blatternarben, Polderraben, Polterabend nein, ist nicht zu fassen, Scherben, alles Bruch, zersplittert irdenes Geschirr bei Drosselbart, umsonst die ganze Schönheit, nein, verhört, die alten Ohren, man muß sehen wollen. Ein kleines erlesenes wirkliches Werk. Wäre die Anerkennung seitens der Volkshochschule nur nicht so gering. Man müßte Kontakte pflegen zur Stadtgalerie, um eine breitere Öffentlichkeit anzusprechen. Heinrich kann alleine dösen. Er ist nicht mehr der, der er war, jedem sein eigenes Leben. Bald sind wir Staub, und deshalb bleibe rege tätig, freue dich und nutze, was dir Gott gegeben hat, Begabung für das Schöne.

Stets äußert sich der Weise leise

Wenn Heinrich Tempel, der die meiste Zeit auf dem Bett verbrachte, sein Aufstehn und Sitzen war Bluff, für Besucher gedacht, die ausblieben, weil sie verflossene Freunde waren oder schon lang in der Erde lagen; wenn Heinrich Tempel in Wiebkes Abwesenheit die Wohnung untersuchte, fand er allemal Anlaß zur Reflexion. Neunundsiebzig Jahre alt war er und hatte viel Zeit, nachzudenken,

Schafe, Lämmer, Hirtengruppen Mäh, von hinterrücks im Schafspelz die Sabotage. Kein Wunder, daß Wiebke die Küchentür schließt beim Werkeln, das schlechte Gewissen. Es gab von meiner Seite aus genügend Hinweise. Du Unschuldslamm, wie bitte, sagt sie, meinst du mich? Laut werden habe ich nicht nötig. Sie hört nur, was sie hören will. Verläßt für Stunden das Haus, ich sage das nicht aus Eifersucht, ich spreche als einer, der weiß, Stunden schlagen. Gezählte Tage, noch ist Zeit. Man gibt sich nicht mit Nichtigkeiten ab. So meine Auffassung. Sie aber hält sich stundenlang außer Haus auf, während in diesen vier Wänden Gedanken entstehen, Sendungen laufen und darüber wieder Gedanken entstehen. Was weiß sie über die chinesische Mauer im ZDF, was über den Nestbau der Krähe, die Rabenmutter flüchtet und kehrt zurück mit Lämmern, auf tönernen Füßen. Messerwetzen. Wann hat sie die Prinzessin hier gebacken. Anfangs hat sie ihre Machwerke zur Prüfung vorgelegt. Ich betrachte zunächst immer alles schweigend. So hat sie die Gelegenheit, selbst zu beurteilen, was sie verübt. Leider stellt sich gewöhnlich kein Funken Erkenntnis bei ihr ein. Daraufhin kommt von mir ein geschliffener Satz. Sie stellt sich harthörig. Ich tadle nicht, ich prüfe. Was wird Bestand haben, was ist dagegen Plunder. In dieser Wohnung findet man nichts wieder. Sie verräumt die Zeitungen und pflanzt die Lämmer, wo sie kann. Viermal habe ich um die Pilz-Salbe bitten müssen, dafür ist neuerdings im Bad die Seifenschale handbemalt, dafür ist wiederum der Waschzettel der Pilz-Salbe verschwunden. Wenn wir nun im Archiv derartig achtlos vorgegangen wären, das bedenkt keiner, keiner hört zu, die Leute talken nur Talg, ein Fett, das nicht nährt, man bringt sie zum Schweigen mit einer einzigen Frage. Joachim versucht vergeblich, abzulenken. Wen interessiert sein neues Logo? Einmal muß er Luft holen, und Schluß ist mit Erfolgsmeldung. Und jetzt ich, hast du in dem Zusammenhang Ovid vergessen? Siehst du nicht die Verbindung? Aurea prima sata est aetas, quae vindice nullo / Sponte sua, sine lege fidem rectumque colebat. / Poena metusque aberant, nec verba minacia fixo / Aere legebantur, nec supplex turba timebat / Iudicis ora sui, sed erant sine vindice tuti. Nach der Übersetzung fragt man lieber nicht, erst entsproßte das goldne Geschlecht, das, von keinem gezüchtigt, ohne Gesetz freiwillig der Treu und Gerechtigkeit wahrnahm, beachte den Genitiv, auch den laßt ihr aussterben, weiter im Text. Furcht und Strafe waren fern. Nicht lasen sie drohende Worte auf dem gehefteten Erz, nicht bang vor des Richtenden Antlitz stand ein flehender Schwarm: Ungezüchtigt waren sie sicher. Erkennst du den Zusammenhang? Ihr denkt nur in Sekunden, die Werbeblöcke vor den Nachrichten, oder Plakate in den Unterführungen, ich weiß Bescheid. Die Zeit ist viel mehr als Sekunden. Die Zeit reicht über euch hinaus, erkläre ich Joachim, das erklärt Ovid. Metamorphosen, Wandlungen. Punkt eins, zu deinen Großeltern, ihr Leitsatz hieß, durch Kampf zum Sieg, das war kein goldener Anfang, hier irrte Ovid. Aber dann wir, aus eigenem Antrieb, sponte sua, der Aufbau des verwüsteten Landes, treu und gerecht: Punkt zwei, durch Arbeit zum Erfolg. Das waren wir. Wehe wehe, dann die Nachkommen, siehe Ovid, Eisen und Blei. Zuerst Brunnen vergiften und Bomben werfen, hernach auf Lebenszeit Posten als Professoren in Lüneburg oder Siegen ergattern, von da aus die Wühlarbeit gegen Recht und Gesetz. Dieselben Leute hängen heute herum als Sozialschmarotzer, oder sie sind Gründer kreativer Scheinfirmen, tatsächlich warten sie nur auf den Tod ihrer Eltern, um das von ihnen Geschaffte verkommen zu lassen. In diesen Leuten sterben die Namen alter Familien aus, denn man zeugt keine Söhne mehr, so wie man ist, verantwortungslos und pflichtvergessen. Diese Leute leben nach Punkt drei, ihr Leitsatz heißt, durch Konsum zum Erlebnis, merk es dir, Ovid, das ist der Untergang, Joachim. Wir leben wohl in zwei verschiedenen Welten, mutmaßt er matt. Blitzschnell dagegen ich, du täuschst dich. Ich lebe hier, und du lebst Raumschiff Enterprise. Wiebke stellt sich schützend vor die Brut. Und wer schützt mich, wenn der Gevatter sich an mein Kopfende stellt? Was helfen mir da Frau und Sohn und Enkelin? Wie sie kichert. Mirabella ist kein Name, das ist ein Obstbaum. Und dann auch noch auf Sockelschuhen, sie kleben sich

Ziegel unter die Schuhe, stampfen auf meinem Parkett, ihr Schnattern läßt keinen Gedanken aufkommen. Auch das ist ein Vorteil des Fernsehns, mit dem Zepter in der Hand dirigiert man alle Programme, ein flehender Schwarm von Programmen vor des Richtenden Antlitz, der schaltet die Schwätzer tonlos, der erklärt Wiebke, was sie da sieht. Leider springt sie aus einer soliden Sendung über Trachten in Mitteleuropa zu meinem Wintermantel, ich werde bald sterben, es ist mir unendlich gleichgültig, ob der Kragen franst, sie aber sollte sich längst schon kümmern um dieses Klopfen unten im Hause. Und was war mit der Soße heute mittag. Ein Gewürz darin mißfiel mir. Ich nörgele nicht. Ich stelle kritisch fest.

Wachsam bleiben

Gelegentlich kam noch Verwirrung auf, so daß Elke Alting von einem Moment zum anderen unsicher wurde, ob alles mit rechten Dingen zuging. Scharf beobachtete sie sich selbst und ihre Umgebung, rekonstruierte, suchte Zusammenhänge; gegen das Toben im Kopf flogen die Hände, schrubbten, wischten, schafften Ordnung.

Beispielsweise jetzt, wenn es jetzt beispielsweise klingelt, schellt, schlägt, Hämmern an der Tür, aufmachen Polizei, das glaubt kein Mensch, daß ich rechtmäßig putze. Stottern macht alles noch schlimmer. Gar nichts habe ich mir vorzuwerfen, aber vielleicht hat die Ärztin schon die Polizei verständigt wegen meinem Brief. Sehr geehrte Frau Dr. Lengen, den Termin am 5.5. habe ich nicht wahrgenommen, da ich die längste Zeit Ihre Patientin war und mein blindes Vertrauen zweimal mißbraucht worden ist. Die Medikamente, welche Sie verschrieben, übten fatale Nebenwirkungen aus. Sie sprachen von Einbildung meinerseits, aber ich rate Ihnen, sich vorzusehen im Ausdruck, da ich im Vollbesitz meiner geistigen Kräfte bin und mein neuer Freund namens Uwe Harms hinter mir steht auch gegenüber Hochstaplern. Ihre anderen Patienten können einem leid tun. Hochachtungsvoll, Alting. Dafür kann mich keiner vor Gericht stellen. Freispruch. Sie hat ihr Leben voll im Griff. Was sich greifen läßt. Wenn die Polizei schellt, gleich die blanke Wahrheit: Meine

Arbeit als Reinigungskraft habe ich im Mai wiederaufgenommen, nach einer Unterbrechung von sechs Monaten. Die Stelle wurde mir über das Ehepaar Marie und Rupert Buhr vermittelt, welche vor Gericht bezeugen können: Wir verkehren seit fünfzehn Jahren mit Frau Alting, sie ist hundertprozentig verläßlich. Ich übersehe nichts. Bis zum Zusammenbruch. Der war im letzten Jahr. Besser hätte ich Krebs haben sollen, dann wäre ich im Krankenhaus, bekäme von allen Süßigkeiten und schädlichen Zucker. Psychisch Kranke werden totgeschwiegen in Deutschland, auch in Holland. Prinz Claus ist ebenfalls psychisch erkrankt. Das steht wohl mal klein in Schwarz in der Zeitung, aber England, das Königshaus und der Sex von Clinton, das wird alles groß bunt breitgetreten. Bloß kein kleines Unglück. Viele sagen, geh arbeiten oder mach richtig Selbstmord. Die Bahnschienen waren eine Verlockung, aber dann kriegt der Zugführer einen Schock. Mein Freund empfand seinerzeit ähnlich. In den Wochen vorm Zusammenbruch nur noch die Suche, wie machst du's, Springseil in den Baum geworfen oder Motor an in der Garage, am Geburtstag am fünfzehnten elften, fünf Monate nach dem tödlichen Unfall des Sohns. Dirk ist am 15.7. gestorben infolge von Drogenkonsum. Fünf Wundmale des Herrn, die Faust, die fünfte Kolonne, ganz unklar, wo der Feind steht, der Notarzt mit der Spritze am 25.11, 5mal die 5, mir macht keiner was vor, zwei Tage später war's aus. Nur noch ein einziger Gedanke. Ich muß für die verbliebenen Kinder sterben, daß sie leben. Dann war Mutter vorher noch gestorben, alles wie im Traum, seltsame Übereinstimmung. 1975, ich schwanger mit Dirk, im Traum hat der Teufel mich vergewaltigt und droht, das folgende Kind wird sterben, wenn ich mit Dirk zur Kirche gehe. Er wurde getauft, aber am Tag, an dem er zur Konfirmation angemeldet wurde, hatte mein Ex den Autounfall. In dessen Folge er verurteilt wurde, Schlafmütze, Diebsgut im Kofferraum vergessen. In Lingen saß er ein. Wie er rauskam, ging's von vorne los. Kommt harmlos nächtens an, die Klamotten ganz ganz, und darunter der zerkratzte Rücken, muß er das Schlägerei unter Männern nennen? Ich passe auf. Aber als Kumpel war er doch hundertprozentig, wir haben Spaß gehabt, wie wir noch auf dem Butterdampfer waren, als Bedienung. Als alle seekrank waren und ich mir die Kotztüte greife, Steckrüben gab es, ich die Steckrüben in die Tüte, mich hingesetzt, die Leute laufen grüngelb vorbei, und ich aus der Tüte gegessen und die sich am Übergeben und ich mich gefreut. Oder bei Seegang, ich leg die Schwimmweste an und serviere weiter, die Leute kriegen die Panik. Vom Kapitän gab es mal wieder einen Dämpfer. Nicht aufgepaßt. Weil der Steuermann hat mir aufgelauert und auf der Brücke gepetzt, aber der Kapitän lacht. Man muß sich merken, wer lauert, wer lacht, aber kann man nie wissen bei lachendem Lauern. Siehe Klempner, Nachbar, ich so naiv, '72 na eben, sieben minus zwei, mal wieder, ich mit ihm gegangen in seine Wohnung und mit der Waffe am Kopf vergewaltigt. Selbst schuld. Nicht aufgepaßt. Wie im Fußballstadion. So schön fliegt der Ball, und an wem seinen Kopp, immer ich. In der Klinik in der Gruppe manches Mal dagesessen zu heulen, meistens cool getan, als wenn mich das nicht angeht, was die anderen sagen, aber dahinter immer genau aufgepaßt und zugehört.

Anfangs hatte ich so regelrecht einen Verfolgungswahn, alles ist hinter mir her, der Teufel und das Finanzamt, da habe ich unter den Tischen gefühlt nach Wanzen und alle Patienten angesehen als Spitzel. Einer hat in gesunden Tagen gejobt für die Zeitung, als Bote, guck an, der Reporter ist also auch schon da. Das war das schlechte Gewissen wegen der Schwarzarbeit, Steuerfahndung, und dann noch das teure Klinikbett mit der Sitzwache von wegen Suizidgefahr, die ganze Schuldenkrise, alles wegen mir, das ist vorbei. Mir sülzt man nichts vor, ich bin nicht romantisch und nicht verträumt. Und wenn ich Träumerin bin, dann aber eine wachsame. Wenn jetzt zum Beispiel einer klingelt, aha, das nennen Sie putzen, dann sage ich kaltlächelnd, Freundschaftsdienst, warum soll ich nicht mit Natascha Tempel befreundet sein. Das hier ist ein freies Land. In die Geschlossene kann jeder kommen. Keiner klingelt, sie fangen es heutzutage geschickt an, Zivilpolizei und Ärzte, das Weichei da draußen steht mir ein bißchen zu lang an der Bushaltestelle. Der wartet auf etwas, mich kriegt er nicht. Wer einmal in der Klapse war. Wie will man wissen. Hier spricht die Putze Elke Alting, geboren 1949, tätig unter anderem im Haushalt von Joachim Tempel. Möglicherweise lauert draußen ein Abgesandter vom Steuermann, vom Klempner und vom Ex. Die Mobilität der Gesellschaft macht's möglich. Alles steht mit allem im Zusammenhang. Nicht zufällig bin ich jetzt in der Stadt, in der mein liebster Uwe lebt und welcher mich beschützen wird und ich ihn. Das Schicksal hat gewollt, daß wir uns in der Klinik kennenlernen sollten. Deshalb der Zusammenbruch? Aller Unsinn wird zum Sinn. Mein Uwe holt mich ab, er hat ein Auge auf Ärzte und Bahnübergänge, ich achte auf Zahlen und Polizei, so wiegen wir uns in Sicherheit, vorläufig, vorläufig.

Ich kenne diesen Menschen nicht

Kaum vorstellbar, er würde eines Tages Bilder von sich selbst ansehen mögen, wohlgefällig. Dabei galt Uwe Harms als schöner, als sympathisch auftretender Mann. Dabei stand er doch wieder so wie früher ganz normal hinter dem Nachtschalter der Tankstelle, bediente späte Kunden. Sprit, Flips, Jever, Kleiner Feigling, Diesel, Cola, Klopapier, Kondome, Wortwechsel, Klönschnack. In Pausen drehte er am Radio. Stimmen, Musik. Daneben blätterte er Zeitschriften. Bunte Gesichter.

Kommt, Leute, kommt. Tankt und kauft und quatscht und kommt und laßt mich nicht allein. Los, Radio, dir bleibt doch nie die Luft weg. Lady Di sieht immer noch lebendig aus auf Bildern. Da ist Schumi. Das Gesicht verzerrt, und trotzdem wieder typisch. Und wenn der hier getarnt vorfahren würde, den würde ich so oder so erkennen. Mich nicht. Das bin nicht ich, verpiß dich, Nacht, ich will mich nicht in jedem Fenster spiegeln. Zu Hause sind die Vorhänge zur Sicherheit auch tagsüber geschlossen. Hier gibt es keine Spiegel. Und sie meint noch, sie macht mir eine Freude mit den Fotos. Ich bin das nicht. Was kann sie daran schön finden, Elke, ich will das nicht, daß du bei dir in deiner Wohnung dieses Bild aufstellst. Darum nicht, laß mich in Ruhe, warum tut ihr alle so, als wäre nichts Besonderes! Ich bin nicht blind! Was haben sie gemacht mit meinen Augen! Was haben sie gemacht mit meinen Augen. Das ist ein Gesicht zum Grauen. Meine Seele haben sie aus meinen Augen ausgetrieben. Ich kann es dir beweisen, Elke! Elke ist nicht da, ist besser so, sie würde auf den Horror kommen. Guck dir doch das Fotoalbum an, Klein-Uwe, wie er strahlt, ein Licht ist in den Augen, da, er strahlt, oder auch nicht, guck hier, da quakt der Hosenschieter im Laufstall. Trotz Geheul hat er ein Licht in seinen Augen. Oder das Foto mit der Harley später, überall bin ich das. Ich konnte mir in meine Augen sehen. Jetzt nicht mehr, nie mehr, es merkt keiner, das ist ein Mann mit leeren Höhlen, dunkle Löcher leblos, wer hat das gemacht, ich habe das gemacht, ich nicht, das ist kein Mensch, der da aus Spiegeln sieht, aus Fotos. Das ist die andere Seite! Der gehört zu jenen, siehe Stephen King, jener, einer von jenen. Jene essen verweste Katzen, jene zerstören selbst das Liebste, jene kann man nicht einmal erschießen, ich bin Vegetarier, ich bin verwundbar, immer noch. Mit dem Rasiermesser. Alles ist jenem zuzutrauen, sieh doch seine Augen, Mord und Totschlag und Ermordung. Nie würde ich die Hand erheben gegen einen Menschen, denn ich bin kein Gewalttäter, keiner von jenen. Es ist aber nicht undenkbar, daß jener Fotos zu Schnipseln zerschnitten hat. Nicht unvorstellbar ist, jener trat an die Wand trat an die Wand trat an die Wand. Auch das nicht unwahrscheinlich, jener donnert die Tür, daß die Scheibe zerklirrt, jener sagt zu einem Freund häßliche Wörter, jener ruft den Chef an wegen Krankmeldung und schreit ihn an mit Mama, schreit verpiß dich Mama, jener öffnet alle Fenster weit und dreht bei Nacht Musik auf bis zum Anschlag, tanzt, die schrillen Nachbarn, jener wird ins Krankenhaus gebracht von starken Armen, jener wird gespritzt, das war nicht ich! Ich stehe an der Tankstelle. An einem langen weißen Tag, auf einem langen weißen Gang, ein Mann, der nicht weiß, was das soll, es gehen andere, es wird gesprochen, kommen Sie, Herr Harms, es gibt jetzt Mittagessen, jener setzt sich folgsam an den langen weißen Tisch, daß niemand merkt, es sitzt einer von jenen da, die Augen senken, in den Augen wohnt jetzt die Zerstörung. Wer hat das aus mir gemacht? Ich will dieses Gesicht nicht sein! Wer solche Augen hat, ist es nicht wert zu leben, Augen wie der letzte Mensch der Welt nach dem Atomkrieg, wie kann Elke jenen lieben? Wie kann sie das Bild von jenem rahmen und sich auf den Schrank stellen? Untot, untot, schreit aus den Augen, sieht sie das nicht? Ich bin das nicht! Ich lebe, ich ernähre mich, ich bin kein Wohlstandsmüll, ich falle dem Staat nicht lästig, ängstige niemanden, brauche keine ärztliche Behandlung. Ich bin gewissenhaft, ich habe eine Freundin, Freunde, einen Job, ich spende für die Obdachlosen, regelmäßig gehe ich ins Altenheim zu meiner Mutter, in den Augen wohnt die Wahrheit. Jeden Moment ist jener anwesend, der große Gott Erloschener, der ausgelöschte Herr Auslöscher, jener, welcher lichtlos geht, das ganze Leben ausgebrannt, es wird sich ein Spalier bilden auf jeder Straße, jener muß hindurch, Spießrutenlaufen ewig, daß es alle Welt erkennt, jener ist anders, jener ist verachtet und gefürchtet und gehaßt, zu Recht, denn jener tut alles und läßt alles geschehen. Die eigne Mutter hat er in den Tod getrieben. Jener würde vor Gericht das zugeben. Wißt ihr denn nicht, was man mit jenem machen kann? Man kann ihn nach Herzenslust beleidigen, jener errötet bloß und stammelt. Man kann jenem auch Spritzen geben, wovon sein Gesicht dick wird und seine Augen zuwachsen, noch mehr. Wenn man jenem Augen auf die Haut pflanzt, dann entfernt er seine Haut. Mit dem Rasiermesser. Ich habe das nicht nötig. Das ist meine Haut, und sie ist heil und ganz. Elke kann das bestätigen. Ich brauche keinen Arzt, die Liebe heilt, es wird ein schreckliches Erwachen werden, wenn Elke den Aussatz sieht, die toten Höhlen ohne Ausdruck, ich kenne jenen nicht, ich habe nichts zu tun mit jenem, alles klar, Herr Kommissar, Musik klingt ganz normal, die Kundschaft wie gewöhnlich, neunundvierzigneunzig, zehn Pfennig zurück, und tschüs und schönen Abend noch, wieder hat einer nichts gemerkt oder behält den Schreck bei sich, wie können sie nicht sehen, was ich weiß, ich habe alles nachgelesen. Die Augen sind die Fenster in die Seele. Seele futsch, o lieber Augustin, dahin, alles vorbei, wie soll denn einer leben mit dem unerbittlich furchtbar fremden Herrn, der Einzug hielt in meinen Augen, der ich sagt.

Es reicht

Fast war es geschafft, fast war sie zu Haus. Heike Düring hatte ein langes Wochenende damit verbracht, ihrer besten Freundin beim Auszug zu helfen. Valencias Mann hatte nach zwanzigjähriger Ehe eine Geliebte gefunden und konnte sich nicht entscheiden, mit welcher der Frauen er leben wollte. Valencia hatte ihm ein halbes Jahr lang Zeit gegeben, danach, hatte sie gesagt, würde sie gehen. Von Berlin aus zurück in ihr spanisches Dorf, zurück zu ihrer Familie. Nach zwanzig Jahren Deutschland also jetzt zurück nach Spanien. Heike hatte der Freundin mit anderen Freunden beim Räumen, Packen, Schleppen, Laden und Putzen geholfen, der Ehemann hatte sich nicht gezeigt. Am Schluß hatten sie Valencia zum Flughafen gebracht, eine Spedition fuhr die Kisten und Möbel. Fünf Stunden Zugfahrt, dann war Heike Düring steifbeinig in ihr Auto gestiegen, rollte durch nachtdunkle Straßen heim in ihr Dorf, in ihr Haus, in ihr Nest, fast war es geschafft. Sie wollte noch an der Tankstelle halten, um sich Notwendiges und Trost zu kaufen, Tampons, Zigaretten, Knabberzeug und einen Wein. Die einzige Tankstelle weit und breit war geschlossen. Heike ließ den Motor heulen, als sie weiterfuhr.

Das reicht, genug, verflucht noch mal, wenn man sie braucht, sind sie nicht da, man ist allein wie auf den Mond geschossen, die verfluchte Pampa, keine Menschenseele weit und breit, man kann verbluten oder sich in Luft auflösen. Ist es vielleicht zu viel verlangt, diesen Schuppen bis Mitternacht offenzulassen? Verfluchte Tankstelle, man hockt im Auto naß im eigenen Blut, die neue Jeans, vergiß es, dunkle Flecken, kalt einweichen und zum Steinerweichen Schmerzen, jeden Monat Vollmond, Fluch über den Mond, es reicht, typisch Herr Harms, leider geschlossen, auf dem Mond hat sicher eine Filiale offen. Alles blutig naß, die roten Krieger kamen unerwartet vor der Zeit, die roten Krieger hahaha, heuleul, heulen hilft nicht, bist eulen, ja, bin eulen, Meister Dichter, Männer, tun nett und reden Schleim und drücken sich und gehen fremd und schließen Tankstellen. Im Zweifelsfall sind die nicht da, auf die ist kein Verlaß, die schießen dich zum Mond. Krumm verspannt hockt man in feuchtem Rot, wie Wehen Schmerzen, auf dem ratternden Zugklo baut man sich eine Tempotucheinlage, muß danach zu Hause Blut einweichen, Fleckenwäsche, kaltes Wasser, keiner da, kein Trost, kein Mensch, nicht einmal dieser durchgeknallte Tankwart. Die lösen sich in Luft auf. Die verfluchten Männer. Wann kann man mit einem Tampon schreiben, hahaha, mein pubertierender Kollege Schröder in der Firma. Bis ins reife Alter sind die Männer nichts als Pack, schmerzloses Pack, macht Schmerzen. Wie sie im Gesicht aussah, Valencia, ein Stein, rot schwarz getrocknet hart, die Augen trocken schwarz. Ein Auszug. Eine Last von Jahren, zwanzig Jahre schwere Kisten, das Leben von Valencia in Kisten. Fünfter Stock Berlin, runter und rauf, Leute in einer Kette. Alles lief wie geplant. Zwischendurch auch Stärkungen, sprich Essen, Trinken, Spruch und Scherz, was gäbe es für einen Sinn, zu heulen über Kisten, Lasten,

Rücken, Schmerzen? Laß man. Geht schon. Läuft. Muß ja. Wir halten alles aus, nicht wahr? Was hätte es für einen Sinn gehabt, zu heulen vor Valencia. Rücken tragen, Beine gehen, Kisten reisen. Abflug von Valencia. Sie löst sich auf, im Flieger, in der Luft. Und Sonntag abends nicht mal Zigaretten und Tampons, statt dessen naß im eigenen Blut sitzen im Auto in der Pampa. Wo Valencia jetzt hinzieht, ist sie unerreichbar. Die Entfernung ist zu weit. Und wie oft hat man Urlaub. Sie ist wie auf den Mond geschossen. Wir bleiben auf dem Teppich. Wir halten alles aus, nicht wahr? Auflösungen, Wegzüge. Männer und keine Männer. Er muß selbst wissen, was er will, sagst du. Ein halbes Jahr hast du ihm Zeit gegeben. Jetzt fliegst du zurück in dein spanisches Dorf. Valencia, deine Konsequenz. Du wolltest sowieso nicht alt werden in Deutschland. Ist nicht ein gastfreundliches Land, muß man bezahlen schwer für jeder Lächeln. Du bist bei deiner Grammatik geblieben, und dabei verdanke ich dir den Tip Jandl. Du warst zu mir gastfreundlich, großzügig, auffordernd und einladend. Warum bist du jetzt weit? Sein Ehebruch, dein Anlaß, abzuhauen. Weg von uns. Für den Ehemann die Frist. Ein halbes Jahr lang warten, Leben auf der Kippe. Keine Bitten, keine Tränen, keine Szenen. Dafür bist du zu stolz. Schwarz getrocknet hart, schwarz wie das weiße Licht in Spanien. In Berlin lief bis zuletzt dein Alltag, immer weiter. Wir machen alle weiter. Morgen früh geh ich mit frischen Kräften in die Firma an meinen Computer, ich weiche routiniert Kollege Schröder aus, ich kann die Männer alle nicht mehr sehen, leutselige Schwärmer, Schwätzer, Männer, eine Ehe reicht, dann bist du gern allein, Valencia. Kaltes Nest ist auch ein

Nest. Valencia ist weg, Berlin ist kalt, hier ist der rote nasse Teppich zwischen meinen Beinen. Die roten Krieger kamen unerwartet. Wegen der Anstrengung der Schlepperei vielleicht. Es kommt mir spanisch vor. Wir halten aber alles aus. Kostbare Wochenenden voller Plackerei. Treppenstufen, Möbelwuchten, und das Steingesicht der besten Freundin. Wir machen uns nichts vor. Spanien ist nicht Berlin, wir machen uns nichts vor. Meine Freundin ist mir auf den Mond geschossen worden. Fluch über die Männer. Meine Freundin hat sich auf den Mond geschossen. Valencia, liebe Valencia mein, wann werden wir wieder beisammen, nein, nicht wahr, wir halten alles aus, auch das, nicht wahr? Ich liebe dich und helfe dir bei allem, was du vorhast. Ich liebe dich und packe mit dir dein Leben in Kisten. Ich liebe dich und weiß nicht, wie wir uns jetzt weitermachen. Berlin ist eine Pampa ohne dich. Du hast dich aufgelöst in Luft, du trennst dich auch von mir, bin eulen auch und heule nicht, und alles lief nach Plan dies Wochenende, alles haben wir verkraftet, ja, nicht wahr, dein Umzug wie vorher beschlossen, wie beschlossen löst du dich in Luft auf, wer dich liebt, der hilft dir bei dem, was du willst, nicht wahr, wenn man sich liebt, wenn man sich sehr sehr liebt, nur daß die Tankstelle geschlossen hat, dafür ist auch beim besten Willen kein Verständnis aufzubringen.

Die Welt in der Dose

Zwar saß er zur Stunde der Rush-hour eingezwängt in seinem schwarzen BMW in der Schlange, ein Unfall fünf Kilometer weiter blockierte einen der Fahrstreifen, aber Hans Schröder war davon nicht zu beeindrucken. Der Chef hatte ihn vor versammelter Mannschaft einen fähigen Kopf genannt, außerdem war sein Auto brandneu, und es winkte der Urlaub in einer Woche. Bei heruntergelassenen Scheiben hörte er laut Musik, legte den Ellenbogen ins Fenster, der schwarze BMW funkelte in der Abendsonne im Stau,

aber wer sich über Schlangen aufregt, ist selbst schuld. Der will sich ärgern. Kleinkram, Kleingeister, kuck sich die einer an, die gähnen oder bohren in der Nase oder fummeln sonstwo, engstirnig und verbiestert. Die haben über ihren Suppentellerrand nie rausgeguckt. Mit deren Karren kommst du höchstens mal bis Winsen an der Luhe. Und nachher reden sie davon, wie es in Hamburg war. Ich kann nur sagen, Reisen bildet. Wenn du den Verkehr in Barcelona schaffst, dann bist du hier relaxed. Der Wagen schafft das lässig. Nächste Woche auf und raus und tschüs, in Richtung Süden, kein Problem mit einem schnellen Auto, ab ins Ausland. Aus dem Abstand sieht man erst mal, was wir für ein steifes Völkchen sind, speziell im Norden, keine Lebensart, es fehlt die Lebensfreude. Fahrt mal runter, andere Länder, andere Sitten. Das steht ja weitestgehend offen heutzutage, läßt sich auch bezahlen, das sind alles auch nur Menschen, und die können uns was vormachen. Unbedingt noch ein paar Filme kaufen, wenn die abends in den Gassen bummeln auf dem Dorf, mit Katz und Kind und Opa ohne Zähne. Carmen und Paolo ein Geschenk besorgen, die Ferienwohnung ist bisher immer tipptopp gewesen, und man kann nicht meckern über deren Preise. Leute, stellt euch das mal vor. Heute in acht Tagen abends draußen unter Freunden, mit Gitarre, und Zikaden lärmen, dazu kühler Wein und milde Brise, bienvenido, Prost, Salud, auf unser neues Auto und auf Spanien, das Leben hat doch ganz schön was zu bieten. Paolo wird sich umkucken nach meinem BMW. Sein Karren ist längst schrottreif. Wir aber. Rabenschwarz, klaro, wir nehmen den Paolo auf eine flotte Spritztour mit, da sieht er mal, was so ein Wagen leistet. Spitzenqualität. Nix muy bien, geil heißt das, ihr müßt nur bessere Straßen haben, diese Schlaglöcher sind reine Fallen, und die Jungens machen sich noch einen Sport daraus, die jagen wie die Henker. Spaß beiseite, Kamikaze mit dem BMW kommt nicht in Frage. Der Wagen war nicht billig. Schon Scheiße, dieser Staub da unten, gerade auf dem schwarzen Lack. Theoretisch müßte man sich einen Neger halten für das Auto, warum nicht, ehrliche Arbeit, gutes Geld. Das kommt jetzt alles wieder. Kofferträger, Rikschafahrer, Schuhputzer, und Jungens für die Autoscheiben lungern an den Ampeln, junge selbständige Unternehmer. Im Osten wurde jede Eigeninitiative unterdrückt. Und wer hat was davon? Arbeit ist immer besser für das Selbstbewußtsein. Ob ich nun Schuhe putze oder Autos oder ob ich Software verkaufe, bleibt sich gleich, Hauptsache Kohle kommt. Jetzt ist das eine Welt für alle, für die Krauts und für die Neger, ich sause durch Räume und Zeiten, durch Milchstraßen und Galaxien, schwarze Löcher, teilweise leben die da unten noch wie in der Steinzeit. Mit Wasser kann mal Essig sein in Spanien. Ich sag noch zu Irene, außen hui und innen Punkt Punkt Punkt, goldene Hähne und kein Tropfen Wasser. Da müßt ihr Brüder noch viel tun, schon gut, Senhor Paolo, unsere Ferienwohnung muy bien, aber kannst du mir erklären, warum diese Schlaglöcher noch schlimmer aussehen als letztes Jahr? Da sieht man mal, daß wir es hierzuland so schlecht nicht haben. Den Nieten, die sich über Arbeitslosigkeit et cetera beschweren, kann man immer noch nur eins sagen. Wenn es euch hier nicht paßt, geht doch nach drüben. Das steht alles offen. Da draußen seht ihr mal, was Armut ist. Wassermangel, Schlaglöcher. Im Süden Urlaub machen, ja. Aber um keinen Preis da unten leben. Selber schuld, wenn diese Freundin von der Düring wieder runterzieht. Düring kann sich freuen, den Urlaub macht sie doch demnächst für lau. Nee, ewig Süden, das ist nichts für mich. Außerdem. Wenn ich will, kann ich bei uns auch alles haben. Paella, vinho verde, Krokodilfilet. Alles ist vom Feinsten. Hier gibt es alles, was das Herz begehrt. Na ja. Am Kiosk weißt du nicht mehr, ob du noch in Deutschland bist oder in Istanbul. Das hier ist die reinste Monokultur, im Straßenbild immer nur Schleierfrauen, was hat das mit Globalität zu tun. Wir haben das gern büschen offener, wech mit dem Tüll und den ganzen Lappen. Negerinnen sind nicht prüde, black in black was ist das, eine nackte Negerin in meinem BMW, na komm, Irene soll nicht immer so unschuldig tun, du läßt dich auch gern anfunkeln von den Toreros mit den Glutaugen, olé olé, und diesen Urlaub wieder mal zum Stierkampf. Platz da, ihr Rentner und Kanaken, jetzt aber mal Schluß mit Schlangestehen, Schneckentempo, jetzt kommt der schwarze Stier.

Echo

Schon saß Irene Schröder neben ihrem Mann im Auto, schon waren sie auf ihrem Weg nach Spanien. Der Wagen war nach Hans Schröders Vorstellungen gepackt, ein Eßkorb im Reichweite, so daß sie nur für die Gymnastik würden halten müssen. Die Hanteln lagen Irene zu Füßen, hinterm Fahrersitz stand die Gitarre. Die Landkarten steckten im Handschuhfach, in dem lag außerdem der Plastikbeutel mit dem nassen Lappen, um das Steuerrad von Schweiß zu säubern. Irene Schröder sah geradeaus oder auf ihren Schoß. Im Schoß lag schon die dritte Landkarte seit ihrer Abfahrt, sie fuhren schon durch Südfrankreich.

Reisen bildet. Hans und der BMW schaffen die Reise lässig, machen einen Sport daraus. Sind nicht zu bremsen. Alle Länder stehen weitestgehend offen. Für die, die das bezahlen können. Wir haben Kohle. Reisen bildet. Was denn gegen Hamburg, gegen Winsen an der Luhe oder Leer. Abends mit Freunden draußen sitzen. Zu Haus das Leben hat auch ganz schön was zu bieten. Wenn es dir zu Haus in Norddeutschland nicht paßt, geh doch nach drüben, und laß mich in meinem Suppenteller. Auch in Spanien die Ferienwohnung ist ein Suppenteller. Carmen und Paolo halten sie tipptopp. Die beiden machen keinen Urlaub. Wir sind schon in Südfrankreich. Der BMW jagt andere Autos. Schweißnaß das Steuerrrad, wie meine Hände. Wer hat Angst vorm schwarzen Hans? Lebensfreude, Lebensfreude! Ich hätte lieber einen Karren, einen Holzkarren, und vorne zieht ein Rindvieh. Aus dem Abstand sähe ich vielleicht mal, was wir für ein Völkchen sind. Wochenlanges Bummeln mit dem Rindvieh. Schnekkentempo, da wäre ich relaxed. Der Wagen war nicht billig. Und wer hat was davon? Ich darf nicht meckern. Rabenschwarze Angst. Ein Torero bin ich nicht, ich bin ein Kleingeist und ein Kleinkram. Das hier ist eine flotte Spritztour in den nächsten Suppenteller. Bohnen oder Linsen, in Spanien oder Winsen. Die Ferienwohnung ist tipptopp, wie auch zu Hause unsere Wohnung. Da unten die in Spanien sind auch nur Menschen, aber denen machen wir was vor. Goldene Wasserhähne, Krokodilfilets und Autoschlangen, alles ist vom Feinsten. Und wer hat was davon? Monokulturen in Nord, Süd, Ost, West. Das ist die volle Wucht, die schwarze Angst, vor einer Spitzenqualität, die jagt. Ich will mich nicht beschweren. Wir haben es so schlecht nicht. Das Auto ist kein Kleinkram. Ein Karren wäre besser. Landstraßen entlangbummeln, Staub schlucken und Zikaden hören, bienvenido. Aber auch kein Tropfen Wasser, und ich bin nicht unschuldig in einem Karren, und ein BMW ist keine Armut. Hans fährt wie ein Henker. Mir fehlt die Eigeninitiative. Ich bin auch nur ein Mensch, schrottreif und engstirnig, selbst schuld, und hätte es gern büschen offener. Hans fehlt die Lebensfreude. Sein Problem. Mit mir kommt Kamikaze aber nicht in Frage! Theoretisch müßte man ein Rindvieh halten, das den Karren zieht. Das den Karren aus Schlaglöchern zieht. Will ich in die Steinzeit? Carmen und Paolo haben einen Schrottfiat und einen alten Esel. Sie hätten gerne einen BMW aus Spitzenqualität und

Gold. Einen goldenen Kampfhahn. Olé. Was ist es, was das Herz begehrt? Wir sind schon in Südfrankreich. Ein Goldhahn ist Hans nicht. Auf seinem schwarzen Lack liegt Staub. Spanische Bohnen, Reisen bildet.

Gefällt es dir?

Immerhin war Holger Wilken jetzt zu Haus in den vier Wänden. Vor dem Kühlschrank stehend, trank er eine Flasche Bier in ein paar Zügen. Danach rülpste er, warf das Jackett ab, lockerte den Schlips. Er goß sich einen Whiskey ein, streifte die Schuhe ab. Er trank und schnüffelte unter den Achseln, roch, vermischt mit Deo, seinen Schweiß. Er horchte. Die Frau sang im Gemeindechor, die beiden Kinder schliefen. Holger Wilken horchte. Irgendwo im Haus schrie eine Frau gegen ein Kind, das plärrte. Über ihm rumpelte eine Waschmaschine. Nebenan lautes Gelächter, Männerbässe, Frauenschreie. Die Nachbarn, Schröders, feierten. Etwas fiel drüben krachend auf den Boden. Jauchzer. Holger Wilken zuckte zusammen, atmete tief. Er sah seine zitternden Hände und trank noch einmal.

Immerhin bin ich zu Haus. Was treiben die da wieder. Wie lange geht das diese Nacht. Wir bitten um Verständnis, liebe Nachbarn, kleine Feier. Mindestens zwanzig kleine Feiern in zwölf Monaten. In meinem Job gibt's nichts zu feiern. Tag und Nacht im Dienst des Kunden, Ihre gertenschlanke Deutsche Bank. Kauf dir einen Seidenstrick. Das war ein Sektkorken da drüben. Yeah. In meinem Glas ist Whiskey. Eine Gottesgabe, liebe Irmgard. Spar dir deinen Himmelsblick für eure Auftritte an Weihnachten und Ostern. Nach diesem widerlichen Kunden brauche ich ein Glas. Immerhin bin ich zu Haus. O Gott, jetzt geht das drüben wieder

los mit der Gitarre, gemütvoll in die Pubertät zurück.
Die sind besoffen, garantiert. Na Prost, dann feiern sie
die Feste eben, wie sie fallen. Nicht die Gitarre. Guantanamera, guajira guantanamaira. Schröder ist ein
Schleim in Westernstiefeln. Schreien hilft nicht, siehe
letztes Mal, die letzte Feier. Irmgard war wie ein Kaninchen vor der Schlange, und das macht nichts besser,
wenn die eigene Frau sich fürchtet vor dem eigenen angetrauten Mann. Man kann auch nicht die Polizei anrufen wegen einer Party. Liebe Nachbarn bitten um
Verständnis. Also sei geduldig, trage es mit Fassung,
hör nicht hin, trink einen Schluck, sieh nicht in die
Kaninchenaugen deiner Frau. Aber neulich, plötzlich,
ohne nachzudenken, war das meine Stimme, wie ein
Donnerschlag. VERFLUCHT. Irmgard hat sich geduckt. Nebenan ist es mausstill geworden. Einen kleinen Augenblick. Längerfristig hat das nicht geholfen.
Am Ende ist man selbst der Blöde, mit dem Herzjagen,
den Schweißausbrüchen und dem Händeflattern wegen
einem bißchen Lärm, der Wilken braucht ein paar Wochen Müttergenesungswerk, der tritt nicht sicher bei
den Kunden auf. Die Hände zittern kaum noch. Noch
ein Whiskey. Sonst ist alles nicht zum Aushalten.
So dicke Miete für so dünne Wände. Wir sollen das
jetzt auch noch kaufen. LieberVaterlaßmichleben. Unter meinen Achseln riecht es schlecht. Der Angstschweiß
eines Arbeitstages. Banker in New York brauchen am
Tag drei Hemden. Alleinverdienende Familienväter
brauchen täglich dreißig. Alles ist zu schwer. Wer denn
singt einem an der Wiege, daß man vierzig Jahre später
stinkt und zittert? Welches Kinderlied bringt einem bei,
was Herzjagen bedeutet? Es war einmal ein Knabe,

frisch und aufgeweckt, der half der Mutter auf dem Markt. Da kam die alte Frau mit Spinnenfingern, Buckel, Warzennase, Wackelkopf, die wühlte im Gemüse. Der Knabe sah sie an, voll Ekel, Abscheu, Angst. Har, har, lachte die Hexe. Gefällt es dir? Sollst auch so einer werden. Söhnchen, komm mit mir. Und sosehr der Knabe sich auch sträubte, endlich mußte er doch mit ihr gehen. Wie ein Traum vergingen seine Jahre, und er wurde so wie sie. Har, har. Vater war bei der Bank. Ich wollte Theologe werden. I don't know how to love him, Jesus Christ, der Superstar, das Wandern in der Osternacht mit Irmgard, und Taizé. Söhnchen, mach vor dem Studium die Banklehre, dann hast du was Reelles in der Hand. Opa war noch Schmied, mit harten Händen. Vater hat den Sprung geschafft. Und dann lernten auch seine beiden Söhne Bankkaufmann. Saubere Arbeit. Familienbetrieb, har, har. Bin auch so einer. Papi Holgi schuftie schuftie für die fröhliche Familie daheim. Papi ist wie Vater. Tröste dich, Söhnchen. Trink noch ein Glas. Du bist in deinen vier Wänden. Söhnchens Zeit fürs Nachtgebet. Wie ist die Welt so stille, und in der Dämmrung Hülle so traulich und so hold, har, har, Guantanamera, das sind meine Hände, und sie flattern. Das ist meine Haut, sie stinkt. Das ist mein schlechter Atem. Können die nicht Ruhe geben drüben? Mein Vater hat, wenn er nach Hause kam, die Küchenlampe ausgeschaltet und auch die im Flur, hört ihr denn nicht das Neonsummen? Seine Stimme war ein Donner, der sich überschlug. Mutters Kaninchenaugen. Nein. Nein, wir hatten kein Gesumm gehört. Ihm war alles zu schwer. Vater hat es mir nicht erklärt. Hättest du es mir doch erklärt. So habe ich als Kind gefürchtet und verabscheut, was ich sehen, nicht verstehen konnte. Dein Schnapsatem, dein Schweißgeruch, dein Tatterich und deine Donnerschläge. Gefällt es dir? Har, har. Sollst auch so einer werden, Söhnchen. Einer, vor dem sich Frau und Kinder ducken. Prost, Väterchen. Hättest du es mir doch erklärt. Sei doch nicht tot. Sei doch noch lebendig. Mit Donnerschlag und Tatterich und allen Gottesgaben. Kein Zauberkraut macht, daß es in unsern Körpern zieht und knackt, so daß wir gerade durch die Welt kommen. Keine Gans erlöst uns. Söhnchen wimmert sinnlos, Mimi, Mimi, über Väterchen und Söhnchen. Über die nicht gegebenen Erklärungen und über die verlorene Zeit. Bin auch so einer jetzt, wie du. Sei doch noch lebendig, Vater. Ich würde dich auch trösten.

Sie baut nicht auf Sand

Meistens Freitag morgens ging sie in die Kirche, der Sonntag gehörte der Familie. Auch diesmal schloß sie ihr Rad an den schmiedeeisernen Friedhofszaun, nahm die Taschen für die Markteinkäufe später, strich sich das Haar zurecht und betrat die Kirche. Irmgard Wilken bekreuzigte sich mit Weihwasser, nickte ein paar alten Frauen zu, lächelte eine junge an. Sie ging zu ihrem Stammplatz, fünfte Reihe links. Der Pastor hatte oft gebeten, daß die wenigen Besucher sich nach vorne setzen sollten. Sie sah sich um. Auch der Gestörte von der Tankstelle war wieder da, bedeckte seine Augen. Es war die übliche Besetzung. Sie sah sich um. Die Kirche, zwar katholisch, war norddeutschem, protestantischem Stil angepaßt. Ein Kreuz zwar, aber schmucklos. Kein Körper hing daran. Zwar buntes Glas in allen Fenstern, aber keine Heiligendarstellungen. Ein Strauß Nelken stand vor dem Tabernakel.

Der Tabernakel sieht aus wie ein Banksafe, Vater unser, nachher stellt der Pastor sich geheimnisvoll davor und kramt. Wie Holger früher, in der anderen Filiale. Dem Volk den Rücken zudrehen und ganz allein mit Gott im Geld wühlen, als sie noch Safes hatten. Neuerdings flutschen die Scheine automatisch aus der Kiste, computergesteuert, nicht mal Holger könnte heimlich etwas abzweigen. Alles ist totsicher. Außer dem Arbeitsplatz. Können Kirchenleute auch gekündigt werden? Hannes wäre gut als Prediger. So wie der den Talkshowpriester imitiert. Vater unser im Himmel, ich bin es, hilf mir heute und alle Tage, gestern war es schrecklich, es geht los, da spielt ein anderer Organist, der schleicht über die Orgeltasten, fis hätte das sein müssen, nicht f, Vater im Himmel, it's me, höre mein Flehn. Zwei Pastöre diesmal, dabei ist kein Feiertag, vielleicht ein Praktikant, sie ziehen ein, sie schleichen wallend ein. Welche Firma wohl die Priesterkleidung herstellt? Oder Nonnen? Pastor Meinhard nur mit Hose und Jackett ist kurz und fett. Sein Getue mit den großen Gesten im Gewand, Christus, erbarme dich. Kyrie eleison, gestern diese Szene, Holger hätte sich die Szene sparen können. Und erst recht den Tonfall. Warum muß er Hannes nachts noch zwingen, den Papierkorb draußen unten auszuleeren, Hannes nimmt dich ernst! Der versteht nicht, daß du mit dir selbst im argen bist! Hannes denkt, er ist das Schwein! Du suchst dir Sündenböcke! Böcke laufen in die Wüste. Desert. Wohin gehen unsere Kinder? Die Kinder fangen an, dir aus dem Weg zu gehen, merkst du das nicht, Holger? Und mit deinem Geiste. Gott, hilf mir, ich bin es, Irmgard, I'm helpless; what happened to us is hurting me, Holger. Du nicht. Du kannst mich nicht mehr verletzen. Ich denke nicht, du bist das Schwein. You alone are not responsible for our situation. What happened to us, God: To the whole Holy Family – Father, kids and Bloody Mary? Lieber Gott, es hat uns die Sprache verschlagen, bona nox, je ne sais pas parler allemande, I don't believe you, Holger, when you call me darling. God, save my soul; I lost the ability to speak with Holger; save my soul, ich bin es, und im Anfang waren Wörter. Ich war Fremdsprachentippse. To help people understand each other. Holger, do you remember our first dates? Am Anfang waren Wörter, schwebten durch die Luft, sie stoben frei im Raum, sie wurden zahlreicher, sie kreuzten sich, sie trafen sich, umschlangen sich. Und eine scheue Silhouette erschien, ein Umriß, ein Herz, eine Liebe, mon cœur, sweetheart, ein Schauer von Wörtern, between the two of us, und eine Rose sprang aus einer zarten Wurzel, das war unser Anfang. Hilf mir, Gott, ich bin es, Irmgard, willst du lieben ehren achten in den guten und den bösen Tagen ja ich will, ich will bis heute, und von Ewigkeit zu Ewigkeit das Schweigen zwischen uns. Warum lässest du mich so traurig gehn, wenn mein Feind mich drängt, Feinde sind übersichtlich. Sende dein Licht und deine Wahrheit, daß sie mich leiten zu deinem heiligen Berge, und die Kinder auch, wohin gehen die Kinder. Jana hat gestern nacht ihr Holzschwert mit ins Bett genommen nach dem Krach. Was betrübst du dich, meine Seele, und bist so unruhig in mir, weil wir nicht miteinander sprechen können, teach us to talk, gib mir ein wahrhaftes und beständiges Wort und mache aus mir eine behutsame Sprache. Ich bin es, Irmgard, save our souls, harre auf Gott. Denn ich werde ihm noch danken, daß er meines Angesichts Hülfe und mein Gott ist, mein Fels, mein Heiland, Himmel und Erde sind erfüllt von deiner Herrlichkeit, Hosanna in der Höhe, ich habe das Taschentuch wieder vergessen, du nimmst hinweg die Sünden der Welt. Der Herr erhebe sein Angesicht über euch und lasse es leuchten und schenke euch Frieden, do you remember our first dates? Der Ersatzmann an der Orgel ist ein Widerling, der gibt erst nach, wenn unten alles mit den Tränen kämpft. Man kommt ja denn wohl auch hierher, um Tränen zu vergießen, dieser Widerling. Aber der Mensch braucht einen Halt. Man muß hier unten nur mit allen anderen den Singsang murmeln, alle murren vor sich hin, das hat eine kontemplative Wirkung wie im Himmel so auf Erden, people yearn to believe in something, du kannst an Jesus glauben oder an Buddha oder an einen mystischen Keks, why not believe in Jesus qui propter nostram salutem descendit de coelis, Gott verzeih mir, hörst du mich, ich bin es, Irmgard. Laß die Rose aus der zarten Wurzel wieder springen, agnus dei, Lamm Gottes, mon Dieu, translation problems, vielleicht bald wieder einsteigen in den Beruf, mehr übersetzen, Heimarbeit. Tu sais toi comment créer des emplois? Jemand muß bei den Kindern sein, sie brauchen einen Halt, etwas wie einen Fels, was sehen sie in uns, Unglück und Angst, what happened to us is hurting me so much. I don't know how to love him, ich bin nur eine betrübte trübe Seele, die nicht mehr versteht, die nicht mehr sprechen kann, save our souls und lasse dein Angesicht über uns leuchten und schenke uns Frieden, dona nobis pacem, gib uns unsere Silhouette wieder. Holger, sprich, sprich nur ein Wort, dann wird, dann wird. Höre mein Flehn, with all my soul, Gott, ich bin es, Irmgard. Und ich wünsche dir noch einen schönen Tag und danke dir, Amen.

Unkraut vergeht nicht

Wieder war er aufs Bett geflohen, kauerte in der Ecke am Kopfende, schnaubte ins Taschentuch, schmierte den Rotz unters Bettgestell. Hannes Wilken starrte durch den Tränenschleier auf den Fußboden. Der Boden seines Zimmers sah wieder wie immer aus. Er war verdeckt von Haufen, Stapeln, Einzelteilen. Bravohefte lagen da, der Schulranzen, CDs, die Muschelsammlung, ein paar Jeans, das Mikroskop, die Münzensammlung, Comics, eine Gießkanne, ein Hammer, eine Zange, Nägel, außerdem drei Wasserpistolen und zwei Perükken, grün und lila,

das ist mein Zimmer, Zutritt verboten, ich habe dich nicht eingeladen, mach die Biege, Mann, aber ein bißchen schneller, wenn ich bitten darf, was willst du denn von mir? Immer meckern sie wegen dem Zimmer. Von mir aus braucht ihr gar nicht reinkommen. Was wollt ihr denn von mir? Aufräumen, aufräumen, häppäppäpp, häppäppäpp. Dann räumt man also auf. Alles ist ein Durcheinander in den Schränken, alles, was man braucht, ist weg. Hauptsache, einer von den beiden kommt, damit das Zimmer abgesegnet wird. Sie hat gesagt, es ist o.k. Mit dem verknuddelten Gesicht, als wäre sie ein steifgefrorener Waschlappen. Macht mir nichts aus, aber kann ich nicht ab, aber uff, sie hat o.k. gesagt und ist wieder gegangen. Endlich hat man seine Ruhe und kann weitermachen. Warum muß dann er zwei Stunden später kommen und Krach schlagen? Ich habe doch das Zimmer aufgeräumt! Mama hat es gesehen und o.k. gesagt, warum donnert er mich dann an? Andere Kinder müssen ihre Zimmer nie absegnen lassen. Soll ich vielleicht nur noch im Bett liegen und mich nicht rühren? Mama hat es abgesegnet. Danach kann ich doch machen, was ich will! Natürlich sieht es wieder so wie vorher aus. Ich bin doch keine Mumie! Ich muß mich doch bewegen! Ich weiß nicht, warum schreit er. Als wäre man ein widerlicher Wurm. Es geht bergab mit mir. Er warnt mich. Ich gehe auf dem falschen Weg. Ich meine, ich könnte alles unter mich gehen lassen. Ich glaube, das Leben wäre ein einziges Spiel. Ich meine, ich müßte nicht irgendwann schwer bezahlen. Ich werde noch an ihn denken. Ich leiste mir ein bißchen viel die letzte Zeit, dabei ist das lang her mit dem Hühnchen, warum muß er das wieder aufwärmen, das ist x Wochen her, es war doch keine Absicht, und ich habe mich entschuldigt! Unsere Klassenreise nach Schiermonnikoog, auf diese holländische Insel, Mama hat mir Hühnerbein in Alu mitgegeben. Es war viel los die ganzen Tage! In der Lieblingsdüne habe ich meine Anfangsbuchstaben in den Sand gesprungen, H und W! Und wir haben Robben gesehen, und Pannenkoeken heißt Pfannekuchen, und es gab Regensturm am Meer, und es hat mich gerannt und gestürmt!, ganz von selbst, und Olaf Janssen hat Heimweh gehabt, trotz Mutter als Reisebegleitung, und am Ende hat die Reisetasche unterm Bett komisch gestunken, bloß daß wir in Eile waren, um die Fähre noch zu kriegen, also schnell alles reinstopfen in die Tasche und das Mitbringsel-Geschenk auch nicht vergessen, und zu Haus waren die Hühnerbeine voller weißer wimmeliger Maden, und es hat gestunken wie beim Schlachter, Mama hat die Tasche eine Woche auf den Balkon an die Luft gehängt und mit Parfum gespritzt, und es gab schweren Krach! Warum muß er wieder damit kommen? Ich war doch dankbar für die Hühnerbeine! Ich hatte sie vergessen, nur vergessen! Ich bin ein Freundchen, das ein bißchen viel vergißt. Ich werde nichts zu lachen haben, wenn das so weitergeht. Nichts zu lachen, nichts zu leben. Am besten müßte ich den Rest des Lebens still im Bett liegen und mich nicht rühren. Am besten wäre, wenn ich eine Leiche wäre! Dann würden sie bereuen. Jana könnte nicht mehr quengeln wegen der Pistolen. Mama wäre anfangs traurig. Dann würde sie sich bald mit Jana trösten. Papa wäre froh. Aber er müßte seinen engen schwarzen Anzug anziehen, und alle gingen hinter meinem Sarg her und die Glocken würden läuten. Aus. Zu spät. Wenn das Zimmer heute abend immer noch so aussieht wie ein Müllhaufen, erwartet mich was. Ich werde noch lernen, was Aufräumen heißt. Lieber wäre ich das Kind von Tante Ulla. Das darf man ja nicht laut sagen. Zum Glück ist sie nicht verwandt mit uns, nur Nenntante, sonst wäre sie wie Papa oder Mama. Alles Gene und Vererbung. Ich werde später trotzdem nicht wie meine Eltern. Ich werde Arzt, wie Tante Ulla. Sie hat mir gezeigt, wie man sich gegenseitig abhorcht. Wie die Herzen schlagen! So wie leise Trommeln bei den Indianern! Und das Mikroskop hat sie mir auch geschenkt! Popel sehen aus wie Wölfe! Ich durfte ihr sogar mal eine Subcutan-Spritze geben, unter die Haut in ihre Schulter! Sie hat nicht gemuckst. War nur Wasser oder Kochsalz oder so, nur so zum Üben. Sie sagt, wir brauchen eigentlich mehr Ärzte, siehe Wartezimmerschlangen. Sie sagt, die Irrtümer des Arztes deckt die Erde, hihi, aber sie hat noch keinen aus Versehen umgebracht. Leichen hat sie trotzdem schon gesehen. Ob die Haare und die Fingernägel weiter wachsen, wenn man tot im Sarg liegt? Man müßte Haare unters Mikroskop legen, kann sein, sie sehen aus wie Schlangen oder Schläuche, laß mal sehen, oder Fliegenbeine oder aus dem Kopfkissen die Federchen.

Ist es möglich?

Allmählich glitt sie zurück in den alten Trott. Aber an diesem Samstag hatte Doris Janssen Zeit für sich. Moritz war mit dem Sohn Olaf losgefahren, zu einem open-air-Konzert der Kelly Family. Doris begann zu putzen. Das Staubtuch fuhr über Möbel, knallte aus dem Fenster, wischte über Lampen, Lautsprecher, die Anlage und blieb da liegen. Doris nahm sich Zeit für sich, für Bach, o aller Welt Verlangen.

Die Wüste lebt, ich gehe in Gedanken wieder hin, bin wieder dort, in Bodenwerder an der Weser. Der Geist weht, wo er will, im Haus der Umschulung und Fortbildung. Dreißig Erwachsene auf engem Raum zusammen. Wir haben uns eine Lichtung geschaffen und sind dann auf ihr gestanden zu dritt. Das ist eine Tatsache, so wirklich wie meine Hände. Wir drei hielten Händchen, als wären wir Kinder. Doch nicht unter normalen Umständen. Normalerweise bin ich Hausfrau, Mutter, außerdem halbtags in der Behörde, als Bürokauffrau. In Bodenwerder zählen wir bis drei und nennen es Fortbildung. Ein halbes Jahr lang Schule, Wohnheim, Doppelzimmer. Nur alle vierzehn Tage konnte ich nach Haus, die Fortbildung war etwas zwischen Knast und Kindergarten. Wir lernten auf Angestellte im mittleren Dienst. Bürokauffrau reicht nicht, und wenn man wegen seinem Kind noch aussetzt im Beruf, gilt man danach als ungelernte Tippse. Aber ich habe mehr getan beim Amtsgericht oder im Forstamt als nur Kaffee kochen oder Fingernägel feilen! Aber sie entlassen die mit der geringsten Ausbildung, egal, wieviel man ohne Zeugnis kann. Moritz war gut, wenn ich die Aufnahmeprüfung zur Fortbildung schaffe, dann schafft er ein halbes Jahr lang Katasteramt, Küche und Kind. In Bodenwerder habe ich mich anfangs so gefühlt wie in der Wüste, so allein. Trotz Doppelzimmer mit der Nachbarin, die sägte jede Nacht im Schlaf. Tagsüber kam die Schulzeit wieder auf, alte Gefühle und Verhaltensweisen. Erröten bei Fehlern und Trotz. Ab acht Uhr morgens Unterricht, Abschreiben, Vorsagen, Arbeitsblockaden, Kreide und Kippelstühle und Bitte um Ruhe, was gibt es da wieder zu lachen, Frau Janssen? Bitte kommen Sie zur Tafel, es war wie vor zwanzig Jahren, aber dann kam Wind auf. Eine Klasse lernt sich kennen. Martin und Andreas waren beliebt, lernten leicht, und gaben auch leicht weiter. Es war bald klar, sie hatten sich beide, jeder für sich, schon vor Jahren ans andere Ufer gerettet. Man mochte sie gern miteinander sehen, sie hießen schon bald die Jungen, ich habe sie lieber Männer genannt, aus Achtung. Wir waren eine kleine Arbeitsgruppe, kamen oft vom Forstwesen weit ab, tief in den Dschungel des Lebens. Ich dachte nicht, daß ich das Widerwärtigste in meinem Job je jemandem erzählen würde. Hasenherz. Ist man nicht selbst auch schuld, wenn klebrige Beamte Kino spielen wollen? Vorgesetzte legen einem ihre Glatzen in den Nacken. Man weiß sich nicht zu helfen. Man hat den Mund voll Blei. Man bringt kein Wort heraus. Martin und Andreas hören es. Wir reden in Zungen und Dornen und Zeichen und zählen bis drei und machen einander leichter. Wenn ich schon verbal nichts tun kann bei solchen Fällen mit den

Vorgesetzten, könnte ich zukünftig einfach aufstehen und rausgehn. Hasenlöwe, sagt Andreas. Martins halbes schmales Lächeln wird zu einem ganzen runden. Wer hat dir dein Lächeln stehlen wollen? Das waren seine Eltern, die ihr Kind nie schlugen. Die brauchten lieber Wörter. Ein Wort hieß Elektroschock. Das war der elterliche Einfall gegen die Entdeckung, die ihr Sohn mit sich gemacht hatte mit fünfzehn Jahren. Dreimal raten wir, wer sind wir. Wir reden geradeaus, uns in unsere Gesichter. Schwerste Angst und schönste Hoffnung. Ich seh etwas, das du bald siehst, das hat Substanz, das sieht nach Löwe aus und tapfer und integer. War Martin das, Andreas, ich? Hand in Hand die Dreiergruppe, Klassenarbeiten, Pauken und Prüfungen. Da lobten wir uns in Bodenwerder. Da hatten die Männer noch anderen heimlichen Grund zum Feiern. Schöne Liebe sucht nach Ausdruck. Goldring am Finger kann jeder. Andreas fragt nach Martin. Martin antwortet. Geh in den Wald auf die Lichtung mit mir und ruf, daß es hallt, Tatau. Sprich mir auf meine Haut unser Zeichen. Bestelle einen, der alles bezeugt. Und also fährt Andreas mit mir nach Hannover, sagt: Tatoo. Er sagt, es ist ein wildes Tier und doch mit uns verwandt, hat einen guten Verstand, auch viel Geschicklichkeit und kann sich in der Welt wohl forthelfen. Ein Füchslein zart, rot Höslein an, spitz Mäulchen. Meister Reinecke soll in die Haut geritzt werden, zum Zeichen, daß. Wir suchten im Tatoo-Laden und fanden ein Modell, dezent in Uni, abwarten, was Martin sagt, wir zeigen ihm das abends. Abends zu dritt statt Forstamtsstudien das Studium des Fuchses. Welche Stelle auf der Haut wäre wohl angemessen? Der dumme Anker immer auf dem

Oberarm, die pralle Rose unvermeidlich auf den Brüsten, und dann fällt vielen leider bloß noch ein, wie sie sich den Monsieur verzieren könnten. Jeder denkt sofort an Stellen, wenn er hört, Tatoo. Wir stellen uns was vor. Wir diskutieren höflich, an der Sache interessiert, und in den Fantasien tanzen Füchse, und wir finden, wo. Tags drauf zu dritt zum Hexer, und der sticht präzis, und beide Männer leiden leise, und ich bin der Trauzeuge. Mit Blumenstrauß und zweimal Kuß. Das gibt es alles, und ich hatte keine Ahnung. Ja, was sage ich zum Abschied nach alldem. Ich wollte den vielfältigen Gefühlen eine Form geben. Ich hätte gern Achtung in Grazie verwandelt. Gleichmäßig sägt die Nachbarin bei Nacht im Schlaf, ich drehe mich im Bett, und plötzlich steht einfach und einleuchtend das Bild vor mir, ein Satz. Der ungläubige neugierige Thomas aus der Bibel rührt an Wunden. Ich würde dieses Bild den beiden Männern sagen, überreichen, und zurücktreten. Und ihnen das Bild meiner Freude schenken in einem einfachen Satz. Thomas, ungläubig, neugierig, rührt einen andern an und staunt. Ich würde ihnen diesen Satz aus meinem Halbschlaf sagen, und, wie gern ich nächtens lachen konnte über uns drei Hübsche. Einfache Wörter in die Welt setzen, ohne den Maulkorb und die Angst, kein Bild ist mehr geschwärzt. Selig die Sehenden. Selig drei Angestellte im mittleren Dienst in den Ämtern der Welt. Wenn das meine Mutter wüßt, o Fallada, o Füchse. In Bodenwerder aber bricht der letzte Tag an, das Ende des Schuljahrs so wie bei Hanni und Nanni, Adressen werden ausgetauscht, Umarmungen und Mahnungen, die Tränen fließen reichlich, Koffer brechen auf, verstreuen ihren Inhalt über Flure, Autos fahren vor und ab. In diesen Internatswirbel paßt aber keine leise Bibelstunde. Zusätzlich steigt die Scheu als Nebel auf. Ob denn die Männer wohl das Wörterbild auch frisch und fromm finden? Ist es nicht aufdringlich? Elektroschock ist auch ein Wort. Der Hasenlöwe zaudert, hockt allein im ausgeräumten Zimmer auf dem Koffer. Klopfen an der Tür, da stehen Martin und Andreas. Der Hasenlöwe räuspert sich, setzt an, will, warte, sagen beide Männer. Sie geben mir, ich halte eine Silberdose in den Händen, Salbe ist darin, sie riecht nach der Lichtung im Wald. Die Männer legen ihre Füchse frei. Neugierig und mit Sachverstand und Salbe die Liebkosung, staunend, so wie Thomas, in der Wüste aller Ämter sind wir weite Wesen, es gibt uns alle drei als alles das, fernab vom Trott, ich hatte keine Ahnung, aber dieses jetzt ist da, wird mit uns gehen, immer geht das Bild mit mir. Wir haben Tatsachen geschaffen, die sind aller Welt Verlangen, wir nennen sie Freiheit und Glück.

Er verschließt sich

Jedenfalls war er jetzt in der Sauna und in Sicherheit, er hatte die Kleider in einen der muffigen Spinde geschludert, sich geduscht und saß jetzt in der Schwitzkammer in dicker, heißer Luft, die Beine angezogen. Martin Steen heizte sich von innen auf. Seine Augen brannten trocken. Sehnsüchtig wartete er auf die ersten Schweißtropfen,

da kann ich lange warten. Sesam, öffne dich, fließ, Wasser, fließ, Moses hat an den Fels geschlagen. Petrus der Fels, Steens Martin, auch dieser Name stirbt nun aus! Mutter kann es nicht lassen. Sie will das Enkelkind zum Vorzeigen. Deshalb heute mittag dieser Hinweis, sanft geseufzt. Schreien im Restaurant kommt nicht in Frage. Schreien kommt für so einen wie mich niemals in Frage. Leider. Künftig in solchen Fällen aufstehen und gehen, löwenfuchsig, fuchtig, füünsch über die Alte. Dabei würde ich Andreas nicht allein lassen mit ihr. Ich hab's dir vorher gesagt, man muß nur einen Spalt weit aufmachen, und Mutter bricht mit ihrer ganzen Willenskraft ins Weiche. Warum hältst du deine Hände hinter deinem Rücken? Was hast du da im Mund? Warum sind deine Ohren denn so rot und heiß? Diese Frau wird nicht in unserer Wohnung schnüffeln! Mit ihr essen gehen reicht. Mir egal, wenn du sie gar nicht mal so schlimm fandest. Macht mir nichts aus, aber was soll das, gleich die Seiten zu wechseln, gleich deinen Charme über sie auszugießen. Keiner hat dich gezwungen, mit dieser Frau zu kooperieren. Bin ich ein Mensch oder ein Untier? Wie Schwerkranke hat sie uns angelächelt. Als du draußen warst, sagt sie, dein Freund hat herrlich weiße Zähne und sieht so gesund aus, Junge, du bist selbst so blaß, bist du nicht sogar etwas gelb, das ist doch hoffentlich nicht wieder eine Hepatitis? Ich schmetter die Tür zu, ich leg einen Riegel davor, ich drehe den Schlüssel dreimal um, ich lege das Kettenhemd an und trage undurchdringliches Leder und lass' das Visier herunter. Ich könnte schwören, früher hat sie in meinen Windeln geschnuppert und meine Scheiße gedeutet wie ein Orakel. Mir egal, ob alle Mütter das so machen! Na, ist deine Windel wieder voll? Du hast doch Knoblauch gegessen! Woher kommen denn die Ringe unter deinen Augen? Ich frage sie auch nicht nach ihren Tränensäcken. Logisch. Weil ich wüßte, was herauskommt. Wer ist denn an ihrem Unglück schuld? Laß dir endlich etwas Neues einfallen, Mutter. Seit fünfundzwanzig Jahren reitest du ein Thema. Die Scham über den eigenen Sohn. Ich nenne das Verrat. Zum Hausarzt rennen, zum Pfaffen, zum Psychologen, dein Paktieren mit der Macht, ob sie das Kind nicht drehen können, und du selbst bist unschuldig, du willst nur, was dein Mann will. Seit Vater tot ist, bist du umgeschwenkt um hundertachtzig Grad, eine Persönlichkeit, die nur so schillert. Jetzt willst du bloß noch, was dein Sohn will. Was soll ich dir denn glauben. Rauschst mit fliegenden Fahnen zur nächsten Selbsthilfegruppe von Eltern von Kindern, die andersrum sind. Bist bei deinem Organisationstalent wahrscheinlich auch längst Kassenwart geworden. Ob ich nicht mal mitkomme in euern wirklich netten Kreis? Bahn frei für Mutter und

Sohn! Bin ich vielleicht nicht etwas blaß und gelb? Ich traue keiner ihrer Gesten. Ihr After-shave liegt schon im Müll. O.k., Andreas, du wolltest sie endlich kennenlernen, o.k., ein Restaurant ist ein neutraler Ort. Frau Königin zieht ein ins Restaurant, steuert auf unsern Tisch zu. Im Schreck habe ich meine Hand von deinem Bein genommen. Dreimal kräht der Hahn. Hier werden keine Badezimmertüren abgeschlossen! Mach die Hand auf! Was willst du da vor mir verstecken? Ich habe Andreas im Schreck verraten. Als wir nach der Begrüßung wieder saßen, lag meine Hand wieder auf deinem Bein. Ostentativ. Sie drängt dazwischen mit After-shave und den Sahnetrüffeln für dich, mit ihrer wehleidigsten Kopfstimme. Ein kleines Mitbringsel! Weil man sich ja so selten sieht! Und noch ein kleines Mitbringsel! Damit der Lebensgefährte, Lebensgefährte, sich nicht ausgeschlossen fühlt! Sahnetrüffelschnuller. Und weil sie weiß, die vom anderen Ufer pflegen und schmücken sich ja so gern, will sie als Mutter mir ein After-shave schenken. Siehst du nicht etwas blaß und gelb aus? Halt still und laß dir deine Zehennägel schneiden. Mach dich untenrum mal frei zum Fiebermessen. Selber untenrum. Sie kommt an mich nicht dran, das After-shave liegt längst im Müll, der Restaurantbesuch ist längst vorbei, sie sitzt schon längst wieder zu Haus, ich bin längst in der Sauna und kann doch nicht schwitzen. Ich bin müde, möchte plärren, heulen, schluchzen, weinen, kann noch nicht mal schwitzen. Vielleicht hast du recht, vielleicht ist sie gar nicht so schlimm, sie hat bei mir keine Chance, ich mach die Festung dicht, da ist nur noch eine undurchdringliche Wand, Schluß aus. Sie schämt sich für mich, sie schämt sich mit uns im Restaurant, du hast dich an ihrem Herrn Sohn vergriffen und wirst noch belohnt mit Sahnetrüffeln und Wehmutslächeln, Andreas, achten Sie bitte darauf, daß Martin sich nicht überarbeitet, denn schon als Säugling war ich immer so unruhig und habe mich unsittlich angefaßt statt zu schlafen, sie wollte sich mit dir verbünden gegen mich. Verrat! Du kannst noch nicht mal schwul aussprechen, Mutter. Wenn einer mich verraten hat, dann du. Schwitzen vor Schmerz. Schwul, schwüler, Schmerzen schwitzen. Noch jedesmal, wenn ich sie sehe. Und ich will nicht, Andreas, daß du in aller Unschuld unsere Geheimnisse ausplauderst. Deshalb habe ich dir so fest auf den Fuß getreten. Und du kippst gleich dein Weinglas über den Tisch, kleine Ablenkung, der Plauderfaden weg, sie wußte nicht mehr, wo sie weiter bohren sollte, gut so. Dies und das geht nur uns beide an. Bei deinem Einzug, weißt du noch? Sesam, öffne dich, macht hoch die Tür, da kommt er. Der erste Salztropfen rinnt langsam an der Brust runter und sucht sich seinen Weg, der Schweiß bricht aus, die Wüste lebt.

Das ist der Dank

Manchmal war Elfriede Steen es leid, jeden Samstag zum Friedhof zu gehen, die anderen Frauen zu sehen, die gerne geschäftig mit kleinen Geräten an Gräbern hantierten. Aber fast immer wurde sie angesteckt von der allgemeinen Betriebsamkeit,

es ist doch wieder nötig. Diese Regengüsse schmieren Erde auf den Marmor, der sieht dann wie ganz gewöhnlicher dreckiger Stein aus, dabei war das rosa Marmor, reichlich teuer, Einfassung plus Stein, und Inschrift noch mal extra. Die nehmen es von lebendigen Witwen. Frau Mertesacker benutzt Steinmilch, was eine völlig normale Scheuermilch ist, bloß in kleinerer Flasche und zehnmal so teuer. Am Ende kommt der Glanz doch nur vom Schrubben. Frau Wohlers macht sich das leicht, die sieht man hier nur alle Jubeljahre. Heidekraut aufs Grab und fertig, nicht mal eine Einfassung, das hat sie dann davon. Die Kaninchen haben richtig einen Pfad getrampelt. Eigentlich müßte die Friedhofsverwaltung ein Machtwort sprechen, zählt denn der Gesamteindruck nicht mehr? Alle sind so gleichgültig geworden, keiner fühlt sich mehr verantwortlich. Die Jungen ziehen zum Jupiter oder zum Mars, Martin würde später, wenn ich nicht mehr bin, niemals an unser Grab kommen und es in Schuß halten. Ich sorge wie die klugen Jungfrauen beizeiten vor. Man kann im Testament verfügen, daß die Friedhofsgärtnerei die Grabpflege bis zum Jüngsten Tag übernimmt. Ich bin nie jemandem zur Last gefallen. Erst recht nicht nach dem Tod. Er rührt ja auch jetzt nie einen Finger. Wie oft ruft er an? Wie oft sieht man sich? Ich dränge mich nicht auf, das muß er selbst wissen, wenn er sich nur einmal im Monat meldet, er ist schließlich ein freier Mensch. Wir sind mit unsern Eltern anders umgegangen, auch wenn es einem sauer wurde, aber als Kind hat man Pflichten, natürlich auch Rechte, er hat von unserer Seite aus alles bekommen. Auch haben wir ihm eine erfüllte Partnerschaft vorgelebt. Es gab in der Familie niemanden sonst mit einer derartigen Veranlagung. Was heißt denn hier Veranlagung? Was heißt denn hier, ich bin nun mal so? Es gibt immer einen Weg zurück, die machen es sich leicht, die wollen interessant wirken. Wenn ich nun jeder meiner Launen nachgegeben hätte, wäre er womöglich gar nicht auf der Welt, vom Stuhl springen und in die heiße Badewanne, was allerdings danebengehen kann, dann wird das Kind behindert, aber gerade diese Kinder liebt man ganz besonders. Als Einzelkind wurde er von uns immer verwöhnt. Schwimmerlaubnis. Unzählige Fahrräder. Die schönen Norwegerpullover. Taschengeld. Der schicke dunkelblaue Anzug. Die Gitarre. Was haben wir nicht alles in das Kind gesteckt, und dann gesteht der Junge ein, was los ist, und nach dieser Beichte waren alle meine Hoffnungen beim Teufel. Arzt und Kirche konnten auch nicht weiterhelfen. Ich habe ihn in die Therapie geben wollen damals, oder wenigstens beim NDR bei Doktor Markus anrufen, aber nein, das ginge nur ihn etwas an. Ich denke manchmal, er wird nie erwachsen. Auf meinen Händen all die braunen Flecken. Und diese Hände haben ihn geschützt, gepflegt, gehegt, ich habe es gern getan, und ich erwarte keinen Dank, er soll so leben, wie er will. Viele von ihnen sind reizende Menschen, sensibel, warmherzig, mit Sinn für das Schöne. Die Musikalität hat er von mir, es war reine Schikane damals, als er aus dem Kirchenchor desertierte, er wußte ganz genau, wie sehr mir an seiner Stimmbildung liegt. Mutter im Sopran, Sohn im Tenor, jauchzet frohlocket. Ich soll Verständnis und Mitleid haben für alles und jedes, umgekehrt von wegen, und zu guter Letzt liefern die Jungen ihre Mütter aus ins Altenheim. Wenn man nicht mehr so kann. Wer, bitteschön, bestimmt das? Dabei bin ich aktiv. Zwangsläufig. Es kümmert sich ja keiner. Frau Alting ist nur fürs Grobe, am Ende steht jeder allein mit dem Dreck. Was soll man auch sonst machen. Die Tage ziehen sich so hin. Da hat man gedacht, als Martin aus dem Gröbsten raus war, jetzt wird alles leichter, jetzt kannst du an dich selbst denken. Wer tut das sonst schon? Alle denken nur noch an sich selbst, fordern und nehmen, halten die Hand auf, alle leben fröhlich ihr eigenes Leben, und unsereins scharrt auf dem Friedhof, wenn ich hier nicht regelmäßig die Steine abwasche, ja glaubt ihr denn, das fällt vom Himmel, glaubt ihr denn, es gibt etwas geschenkt im Leben? Blumen, Seide, Parfum, Pralinen, Champagner, oder mal Stehgeiger unterm Fenster? Nicht das Schwarze unterm Nagel gibt es. Man plagt sich ab mit dem Unkraut und mit der Ischias, wo der Arzt eigentlich jede Anstrengung untersagt hat, aber wer will das schon wissen, wer fragt schon, was kann ich denn tun für dich, nichts kann er, er kann Hortensien nicht von Giersch unterscheiden, ich tue es gern, die Hortensien sind dankbar, ich habe die Grabpflege immer gern getan, ich habe auch immer gerne gekocht, geplättet, gefeudelt, gebacken, gesungen, gestrickt und meine zwei Männer verwöhnt, ich habe nie Dank erwartet, sondern einfach mein Leben gegeben, hingegeben, muß man schon sagen, sie gab ihr Leben für ihre zwei Männer, sie schenkte ihnen ihr Leben aus Liebe zu ihnen, nicht mein Wille geschehe, sondern euer Wille, ein Leben für Mann und Sohn, ein einziges großes Opfer. Als Frau und Mutter ist man wie der Vogel Pelikan, die Brut stillt man mit seinem eigenen Blut, mein Blut, das für euch gegeben wurde, daran solltet ihr denken, aber Martin denkt weder, noch dankt er, er denkt nicht an seine Mutter, die ihm ihr Leben gab sowie auch sein Leben, er denkt und denkt nicht, geschweige denn daß er dankt, gleichgültig, undankbar, vergossenes Blut, das keinen berührt, ein hingegebenes Leben, unbeachtet und vergessen, das am Wegrand liegenbleibt, das ist der Dank, und das ist das Kreuz.

Vor Hoffnung weit

Diesmal war Ralf Berends vor seiner Frau zu Hause, und so konnte er das Fax abfangen, Antje würde keinen Grund zu Mißtrauen oder Eifersucht finden. Er hatte noch Zeit für sich, bevor sie mit dem Sohn vom Schwimmen kommen würde, und er könnte jetzt Sinnvolles für die Familie tun. Antons Spielzeug aufsammeln, Lippenstiftkritzeleien vom Glastisch wischen, Brotrinden aus Ecken und Winkeln fegen. Er stellte sich im Badezimmer vor den Spiegel. Die hohlen Wangen sah er nicht, so wenig wie die Ringe unter seinen Augen. Er sah nur seine Augen leuchten,

was machen Sie mit mir, Frau Unverhofft, Frau Fax, Frau Überraschung. Wie kann ich mich Ihnen nähern? Wann werden wir uns wiedersehen? Keine Frage, bald, so bald wie möglich. Antje ist mit dem Kind verheiratet, ein holdes, hochheiliges, keusches Paar, und vor den Karren angespannt schnauft der Ernährer, schickt sich drein und zieht, der ist ein Ochse im Geschirr, vorbei, denn ich bin frei, meine Gedanken und Gefühle sind es, und sie leuchten und sie fliegen zu Ihnen, ein Flügelschlagen, Ihren Augenaufschlag stelle ich mir vor und will sofort über die Stränge schlagen. Das Fax ist unterschrieben mit Ihrem geheimen Namen, und ich wußte erst nicht, wer da wieder schreibt, verrücktes Fax, Absender Enomis, vielleicht ein Grieche oder jemand aus Ägypten? Zusätzlich steht die Unterschrift noch auf dem Kopf, Kopfstand, Madame, und Beinewedeln, ich könnte auf den Händen laufen, lange ausholende Schritte bis vor Ihre Tür, Frau Enomis. Sie flirten in Faxen. Ich hatte beinahe schon vergessen, wie das geht. Wer schriftlich flirten kann, kann mündlich küssen, und wer küßt, weckt weitere Erwartungen. Ich wünsche mir alles. Meine erhitzte Einbildung. Ihre Handschrift sieht geschlängelt aus. Sind Sie unter Ihren Kleidern seidenweich? Ganz sicher sind Sie hemmungslos. Und auch mein demütiges Dasein ist nicht alles. Ich bin mehr als nur ein Ehemann, der elektrische Zahnbürsten als Geschenk erhält. Gott erhalte mir die Zukunft, und er mache, daß sie alsbald anfängt. Heute noch wird bei Frau Fax das Telefon klingeln, hoffentlich geht nicht der Mann dran. Wird schon nicht. Ich bin ein Adler! Und ich werde Liebhaber. Enomis, wir werden klug sein, listig wie die Schlangen, wir werden uns schlängeln, allen Zähmungen zum Trotz. Ich bin im Sommer meines Lebens und ich hatte es vergessen! Dabei ist immer alles zu erwarten, Abenteuer zu bestehen, Schönheit zu entdecken. Die Göttlichen wohnen im Himmel. Was soll ich auf dem Mond? In dieser Welt hier finde ich drei Silben, einen Namen auf dem Kopf und hinterrücks. Noch schreiben Sie verschleiert, Sie schreiben mir von Kringeln um die Mundwinkel, Sie schreiben mir, von Röte übergossen. So fangen die Geschichten an, die so einen wie mich so haltlos machen. Sittenlos. Sieh meine Augen leuchten. Banküberfall ist denkbar, so wie Pyramidenbau und Bauchtanz und Revolte, was soll es bedeuten, der Tag ist nahe, aufs neue ein irdisches Glück, wir sind aus Erde, von mir aus auch aus Staub, aber fliegender Staub, ein Staub mit aufrechtem Gang, ein kleiner Staub, zugegeben, trotzdem leuchtend, Enomis. Endlich ist die Zukunft wieder ein verlockendes Versprechen. Ich rede hier vom Machtwechsel in Bonn, gewiß, Frau Enomis. Sie faxen, daß ich mich in Hoffnung wiege, bald, in unmittelbarer, nächster Zeit will ich Sie sehen. Und dann feiern wir. Diesmal ergreif ich die Gelegenheit beim Schopf. Macht nichts, daß Enomis beim Reden japst, auch nicht, daß sie ein Bein nachzieht, wer ist denn schon vollkommen. Ich habe nur ein Leben zu vergeuden, also Mut gefaßt, ich bin im Sommer meines Lebens, immer noch nicht grau und doch erfahren. Alles, bald. Es ist ein Stier ein Sturm, der sich in Schwebe hält. Wir werden Wege finden, auszubrechen. Ich rufe Sie an, Enomis, sind Sie es, flüstern werde ich mit Ihnen, und es wird so sein, als lägen wir schon beieinander, wir sind im Versteck und spielen. Das Spiel heißt verstecken, entdecken, es toben die Wolken am Himmel, das Faxgerät wirft Wellen von Papier aus, die Grille rennt den Ameisen davon, und es wird eine Überschreitung sein, das Fest der Grazie der Kraft, es ist ein Stier vibrierend vor Leben, und Sie werden vor mir stehen eines Tages. Mit Kringeln um die Mundwinkel und ohne Kleider. Von Röte übergossen. Er wird sich vor dir aufstellen. Den Kopf heben. Er wird vor dir tanzen. Monsieur wird in dich wachsen, und es wird ein wildes Fest, hoffentlich bald.

Zustimmung

Grundsätzlich hatten die musikalischen Exequien von Heinrich Schütz recht, fand Simone Becker, was da gesagt und gesungen war übers Jammertal, über Mühe und Arbeit. Demnach könnte also auch der frühe nasse kalte Abend ihr die Fassung nehmen. Sie könnte sich klagend und unwirsch fragen, was sie denn nach der Arbeit durch Nieselwind, durch das Gedränge der ewigen Fußgängerzone treibe. Sie ging aber versonnen, mit Kringeln um die Mundwinkel ging sie ins Parkhaus, stieg ins Auto, startete. Und stellte kein Radio an und schnallte nicht den Gurt um. Sie ließ die Tropfen auf der Windschutzscheibe, sah auf die regenschimmernde Straße, sah Leute gehen und hasten,

da, halbalt die Oma, die keucht ihrem Enkel hinterher, der spurtet Richtung Bettlerpony. Müssen Zirkusleute immer unterwegs sein, immer nur Arbeit und Mühe? Wieder rot die Ampel, typisch, wenn ich komme. Er neben mir im schwarzen BMW, die Polster Büffelleder, und aus Tropenholz das Armaturenbrett wahrscheinlich, der drängelt garantiert bei Grün, die eingebaute Vorfahrt, jetzt, ich wußte es, er zückt sein Handy. Molch. Und fängt an zu strahlen, da hat vielleicht einer Glück in der Liebe, nur zu, steht dir gut. Grüner wird das aber nicht, fahr zu. Mein Citroën-Diesel tuckert wie ein Boot auf hoher See. Ich bin auf vier sich drehenden Rädern auf einer sich drehenden Kugel. Daß man nicht von der Erde fällt! Ich falle nicht. Ich fahre. Erste Person

Singular Präsenz Aktiv. Von mir aus würden Schüler mit der Grammatik verschont. Anfangs sind die meisten Bächlein, springen munter. Unser Job als Lehrer ist, sie einzudeichen. Schön wären Stromschnellen und Wirbel, Widerstände, gerade bei den Älteren. Ich fahre. Ich bin ein Strom nach Haus. Die Bahnschranke ist rotweiß, tropfenüberzogen, und sie ist von mir gesehen. Liegt auf meiner Netzhaut. Wohnt in meinem Hirn. Die Bahnschranke steht auf der Welt. Eine Traube Leute wartet. Meine Zeitgenossen. Und sieh mal einer sie da drüben an. Steht im Regen vor der Tür mit Praxisschild, als ob sie an der Küste stünde, nah draußen springen Delfine. Guck, sie wiegt den Kopf so wie ein Eisbär. Kommt vermutlich aus der Krankengymnastik oder Feldenkrais oder der Atemtherapie. Ich seh uns das doch an. Man gönnt es allen. Ich bin von allen eine. Dankbar mit der Welt versöhnt, man glaubt das ja sicherheitshalber gern lieber nicht. Die Sitzungen im Liegen. Ein Bein wie taub, das kam vom Rücken. Frau Feldenkrais hat unverdächtig nachgefragt, was liegt denn alles auf dem Boden. Kopf und Fersen. Alles dazwischen war gespannt wie ein Bogen. Entkrampft euch, Schultern. Laß dich nieder, Wirbelsäule. Senk dich auf die Erde, Becken. Ankommen auf der Erde wäre schön, würde guttun und kann noch kommen. Ich bin ein Honigkuchenpferd, das dankbar grinst. Das Ausmaß meines Elends ist nicht abzusehen. Was ist passiert? Mein Rückgrat ist ein Pfahl, der sendet Blitze in mein Bein. Im Unterricht vor meinen Schülern schnappe ich nach Luft, ich kriege keinen Satz zu Ende ohne Japser. Und meine Singstimme ist weg, sie war taghell und ist, seit wann, im tiefsten Keller, blind, und findet nicht die Stufen. Frau Feldenkrais gibt einem eine Ahnung von dem ganzen Elend. Dafür ist man ihr verbunden? Heute habe ich allein entdeckt, ein Mund ist aus Himmel und Erde gemacht. Der Himmel liegt auf der Erde, die Haut ist das größte Sinnesorgan, schreibt der Hexer. Gott-o-Gott, wenn Thomas seine Faxe läse, und Frau Feldenkrais behauptet, wir in unserm Alter werden jetzt erst langsam scharf. Reichlich platt, wie sie Schleimpunkte sammeln will bei ihrer Kundschaft, aber sie schüttelt sich vor Lachen. Ich fahre rasanter als früher. Sicher rasen, rasend sicher, bin ich das? Das hier ist mein Gesicht im Rückspiegel. Wenn sie mich jetzt blitzen wegen Tempoüberschreitung, haben sie ein schönes Bild im Kasten, bloß das teure Bußgeld, langsam, sei nicht selbstverliebt, aber ich finde doch, es stimmt mit mir alles soweit. Wie fühlen Sie sich, fragt Frau Feldenkrais, sie hetzt, was kriegt man bloß für Antworten auf diese Frage von den Leuten. Es fehle ihnen nichts! Soll das etwa gut heißen? Dann sagen Sie mir bitte mal, wie schön und gut aussieht! Mit nichts ist nämlich nichts gesagt! Ich sehe, die Dämmerung spreitet die Flügel. Straßenlaternen gehen an. Ich höre unter mir den Motor brummen. Auf dem Steuerrad liegen die Hände leicht. Mein Mund ist Himmel und Erde. Ich fahre nach Haus zu Mann und Tochter und bin eine Katze, die spielt mit dem Feuer. Der Hexer sagt am Telefon, er will mich schmücken, kleine dunkelrote Male auf den Hals und auf die Schultern. Der schönste Schmuck aus Leidenschaft. Dieser Hexer, Faxeschreiber, Blumenpflücker, Federsammler will mit mir in ein Hotelzimmer, das ist ja wohl der älteste Kitschfilm, ausgerechnet ich als Hauptdarstellerin, zu Hause muß ich eine Ausrede erfinden, tags drauf züchtig Tüchlein um den Hals, daß bloß keiner Verdacht schöpft, Halsschmerzen, ich lach mich tot, schon gut, ich lache mich lebendig, auf die alten Tage Halstüchlein und Hintertreppen, will ich das? Der Hotelportier in meiner Fantasie bewahrt die Formen, Gnädigste, der Herr erwartet Sie bereits. Wer weiß, wie groß die ganze Welt wohl ist, selbst wenn man nur im Auto sitzt und gierig aufnimmt, was einem gegeben ist, nicht nichts, doch viel, jawohl, im Rückspiegel die schwarzglänzende Straße, Lichter schimmern, nasse Bäume, die geduckten Radfahrer und bald ein Diadem aus Küssen, das sind meine Hände und sie steuern mich nach Haus zu meinem lieben Mann und meiner lieben Tochter, doch, das geht, ich kann zu Haus die beiden Ungetüme lieben und trotzdem bezaubert sein vom Hexer. Beides geht, geht gut, denn ich bin viele, und die vielen haben es jetzt ein paar Runden lang mal sonniger.

Da ist der Wurm drin

Auch wenn Thomas Becker beschaulich an seinen Topfpflanzen zupfte als sorgsamer Blumendoktor, etwas in seinem Inneren war unbeteiligt. Er entfernte vertrocknete schwarze Blätter, er berührte die fülligen Blüten der Azaleen, er hörte nebenan seine Frau telefonieren, mit dieser Rieselstimme, die sie nur für ganz besondere Leute hatte. Es ging an ihm vorbei.

Das Pfeifen in der Brust klingt anders, neuerdings, seit wann? Vielleicht kommt es von tiefer innen. Bei Erkältungskrankheiten sind die Verlaufsformen ganz unterschiedlich. Viel Flüssigkeiten zu sich nehmen hilft. Die dritte Azalee trinkt seit Tagen ihren Unterteller nicht auf, blüht aber doch. Man steigt nicht durch. Man ist taumelig wie Blätter, die von ihren Ästchen trudeln. Alles Willensfragen. Gleich nach dem Aufstehen mischt man drei Teile Wasser mit einem Teil Obstessig. Die Verflüssigung des Bluts, vorbeugend gegen Cephalgien. Aber jedes Kind weiß doch, was Essig im nüchternen Magen verübt. Ein Leben zwischen Skylla und Charybdis. Wenn der Darm in Ordnung ist, sausen die Ohren. Die Symptome wandern. Selbst die Unsterblichen sind sterblich, alle Zeit läuft auf Zerfall hinaus. Man muß sich wappnen, abhärten, spazierengehen, aber es regnet draußen. Was bedeuten nasse Füße für den Darm. Frau Doktor Lengen mußte mir bestätigen, die Mehrheit der Patienten föhnt sich nach dem Duschen nicht die Zehen trocken. Fußpilz und Venenerkrankungen breiten sich epidemisch aus, auf A folgt B, das ist die Logik. Da ich überwiegend sitzend tätig bin, folgt daraus die Neigung zu kalten Füßen, was wiederum nach sich zog damals im Darm die Fissur, macht hoch die Tür. Eine deprimierte Gemütslage bleibt nicht aus. Der vorvorletzte Arzt riet: Umgeben Sie sich mit Schönem. Die schönen Topfpflanzen. Simones Schönheit. War das ein Bläschen auf ihren Lippen? Gegen Herpes ist kein Kraut gewachsen. Wenn man liest, wie viele Krankheiten heute erfunden werden, Allergien und Aids, Herpes und Cholera, BSE, die Rinder verkaufen sie in den Osten und Süden als Kindernahrung, das ist für die Forschung ein riesiges Testgebiet zur Entwicklung von Gegengiften. Man steht solcher Schande ohnmächtig gegenüber. Ohnmacht ist die Erfahrung des Älterwerdens, gar nichts hält man auf, die forschen unerbittlich weiter, logisch. Die Pharmaindustrie blüht auf. Betuchte kaufen sich Verjüngungskuren. Und für die Mittelprächtigen und Überflüssigen gibt es Gesundheitsseiten in den Zeitschriften. Gegen Bronchialkrebs Minzetee und Zwiebelwickel. Das ist ein neues Geräusch in der Brust, Frau Doktor Lengen kann sich vergewissern. Die Früherkennung von Bronchialkrebs laut Krankheitsführer: Uncharakteristische Symptome wie trockener Reizhusten, Heiserkeit, Atemnot bei Anstrengung. Da haben wir's, das Kind hat einen Namen. Ob es schnell geht? Ob man am Krankenhaus vorbeikommt? Leise dahinsinken, so wie ein Azaleenblatt. Von wegen. Seine Schuld, wird auf dem Grabstein stehen. Denn er war lebensdumm. Er hat mit dem, was ihm gegeben war, nicht wuchern können. Hat sein Teil gehabt und schlecht genutzt und geht verdient zuschanden. Hat nicht verstanden. Unfähig, im Dasein Platz zu nehmen. Wo sollte man denn ansetzen? Die ganze Welt kann ja nicht falsch sein, also ist der Wurm in mir. Was habe ich, es ist kein Spatz in meiner Hand, sondern ein Wurm in meiner Brust, und auf dem Dach ein Aasgeier, der wartet. Etwas Unverstandenes wird über mich den Sieg davontragen, so viel ist klar. In langen Nächten stellt sich das heraus. Nachts ist die Stunde der Wahrheit, aber wer kommt schon an sie heran? Man lauscht mit allen Sinnen, will verstehen. Wer nicht leben kann, hat jede Krankheit dieser Welt verdient. Vielleicht ist es wirklich der chronische Husten, der das Urteil spricht, auch das Schlucken ist schon tagelang erschwert, und die Müdigkeit hätte mir selbst längst auffallen müssen. Hören Sie auf Ihren Körper, sagte der vorletzte Arzt, ich höre mit aller Kraft, finde nachts keine Ruhe, während die anderen munter schlafen. Schmerzen machen einsam, Simone versteht das nicht, mit neunundvierzig hat man keine Ahnung, wie das Leben schmeckt mit sechsundfünfzig, außerdem sind Frauen anders strukturiert, ein bißchen bodenständiger, naturgemäß wegen der Kinder, aber gegen meine Schmerzen hilft kein buntes Mittagessen, und Quark und Gemüse schon gar nicht. Man ist eingeschlossen und verlassen, wie in einem Käfig, in dem hausen nur noch die Beschwerden und man selbst. Rot steht für Hitzewallungen in meinen Diagrammen, blau für Kälteschauer. Ich bin es müde, zu erklären, was mir fehlt, ich weiß es selbst nicht, aber dieser Schmerz ist dumpf, nicht scharf begrenzt, und häufig ist er ausgedehnt, noch über meine Haut hinaus. Wie eine Aura. Aussatz, Aussatz! Ich sollte mir ein Schild umhängen. Natürlich ist man lächerlich für andere als Hypochonder, man wird steinalt und stellt unter dem Schreibtisch seine Sockenfüße auf die Wärmflasche und regt sich auf. Pflanzen wachsen einfach vor sich hin, und fertig. Recken sich ans Licht, die Zimmerlinde hat schon die dritte Blüte geöffnet, aber so einfach ist es im menschlichen Leben nicht.

Ruhestörung

Trotz schwerer Regengüsse hatte Jessica Becker nachmittags gejobt, das heißt das Wochenblatt verteilt, danach war sie, anstatt für die Chemie-Arbeit zu lernen, mit ihrer Freundin zu Elektro-Hoppe gegangen. Sie stülpten Kopfhörer auf und hörten Musik und verließen den Laden später jede mit einer CD. Eine Melodie noch auf den Lippen, kam Jessica nach Haus. Sie wurde schon auf der Türschwelle gebeten, die Schuhe sofort zu wechseln und bitte die Regenjacke zum Abtropfen in die Dusche zu hängen und nicht zu vergessen, vorbeugend gegen eine Erkältung ihr Haar zu trocknen. Die Melodie war weg, war so wie niemals dagewesen. Jessica verzog sich verwirrt in ihr Zimmer. Es dauerte, bis sie im Durcheinander der Empfindungen auf die Idee kam, die neue Musik anzustellen.

Keine Ahnung, was hier los ist. Eben noch ist ein voller Tag durch die Straßen gerollt. Ist weg. Was hätte nicht passieren dürfen. Weiß ich nicht, aber eins weiß ich, mein Ding ist das nicht. So bin ich nicht. Gebeugt dahinschleichen, den Tonfall auf brüchig runtergestimmt, damit es der Letzte begreift, dos Dosoon ost donkol. Wir werden sehn, ob der mich kriegt mit seinem lausigen Genöl von wegen Sauberkeit, von wegen gegen Krach unter dem heimatlichen Dach. Ich hab die Faxen dicke, von wegen leise vor sich hinprokeln, von wegen schallgedämpfte Wattefüße, von wegen Pulszählen mit klaftertiefen Seufzern. Nilgün sagt, ihr Vater ist genauso. Thomas ist aber nur mein Stiefvater! Was bildet der sich ein, die ganze Atmosphäre vollzuschleimen? Sieben Säbel braucht der Mensch, ein Glück, daß ich Karate kann, Zirr, Sirr, die Luft rein schlagen. Es gibt leider zu viele Leute, die von mir aus der Gehörnte holen kann. Aber nein, sie hocken da und gehn nicht los und hüsteln in verbeulten Hosen ihre miesen Kommentare gegen All und Erde. Nieder mit dem Fleisch! Und Fisch ist auch nicht besser! Weg mit der Materie! Antimaterie bringt's auch nicht! Das nennen sie dann Ausgewogenheit. Die mit ihrem Duwirstauchnochsehngetue, Warteerstmalabgemuhe, Hauptsache, die Schuhe sind geputzt. Wenn ich mich retten will als Mensch, dann bleibt nur Abgrenzung. Ich mache deren böses, krankes Spiel nicht mit. Genauso unser Kursleiter. Oder die Tussi, Antje Berends, wo ich babysitting mache. Wo diese Kalkfassaden hocken, stinkt es nach Vergeblichkeit und Salbe. Nilgün hält die fiese Ferkelei von wegen Kleiderschrankwand, Sonderangebot und Multivitamintabletten auch nicht mehr lang aus. Was fehlt denen? Was haben die davon, dumpf in der Scholle rumzumuffen? Was hindert die, nach Glück zu rennen, husch die Waldfee undsoweiter? Thomas zum Beispiel kann doch froh mit Mama sein. Schwer zu durchschauen. Donkol. Man kommt nach Haus, Thomas steht da mit dem verpfuschten Blutdruckmeßgerät. Steck deinen Kopf doch in die Welt statt in den eigenen Darm! Genau wie Nilgüns Eltern. Wie dicke Spinnen kleben sie und lauern drauf, den ersten Seufzer auszustülpen. Freudenzusammenschlager! Lustigkeitszertrümmerer! Hoffnungsvergifter! Nee, Meister. Jetzt ist strikt Schluß mit der sanften Schikane in Richtung rien ne va plus, weil ein Menschenherz nicht aus Stroh besteht und mehr ist als Bla oder Bluff! Ich will nicht mit gesenktem Kopf einherschlurfen, und das Gegenteil schon mal erst recht nicht, mit Stock im Rücken Heilmarsch, die wirkliche Welt fängt woanders an, ein Zirkus, von dem wir erst ahnen, ein Zirkus, in dem alle Elefanten auf ihren Rüsseln stehen, in dem die Zahnspange abgeschafft ist und Jungen mehr sind als süße Poster, Nilgün wird Päpstin, und Buddha röhrt, daß die Dächer wackeln, ein Zirkus, in dem alle Ameisen Aufstand krähen mit aufgerichteten Fühlern, herzlich willkommen, hier hören Sie einen Paukenschlag, daß Ihnen Federn auf Ihrem Buckel wachsen. Ich sage, es gibt keinen Grund, in Abgewandtheit zu vegetieren und unter der Rheumadecke zu schmollen, und wenn diese ganzen Hunzer schon unbedingt Schubert und Mahler anhören müssen, dann könnten sie dazu tanzen, aber ach Gott, aber die Nachbarn, aber der Nachtschlaf, aber das Herz und die Hühneraugen, mich geht das nichts an, ich schnapp mir, was mir in den Kram paßt, weil, ob das Mozart ist oder mehr die von jetzt, die haben alle auch für mich ihre Musik gemacht, hör dir das an, wie wirbeln hier die Töne als erfinderisches Durcheinander, Klänge, die dir auf dem Ohrläppchen zergehen, wie das so schön und richtig heißt. Genau die richtige Musik für unsere nächste Fete, und Nilgün überspiele ich eine Kassette, auch wenn ihre Eltern zehnmal an die Decke fliegen, so viel ist mal klar. Donner und Blitz!

Reich mir die Hand

Noch nie hatte ihn ein Mädchen so angesehen beim Tanzen, noch nie hatte eine ihn so umsprungen, noch nie war er ohne Freunde allein mit einer hinausgegangen bei einer Fete, hatte in einem Garten allein mit einer geflüstert. Ihre Mutter holte sie ab nachts um zwei. DJ Fischer hätte ins Haus zurückgehen können, in die Runde der Clique, hätte mit seinen Kumpels weiter trinken können, einer von ihnen, austauschbar. Er blieb draußen im nachtdunklen Garten, hockte sich auf die polstrig vermooste Wiese, er ließ seine Finger durch Gras und Moos tanzen,

Jessica. Hallújela Halléjula Hurra. Rap ist da. Eben erst saugst du mich mit den Augen auf. Eben erst pflückst du mich aus der Gruft, du pflückst den Rhythmus aus der Luft. Eben erst sind deine Schritte in Sandalen schön. Schön Gestöhn mit Jessica. Lachst du mich aus? Eben erst bist du um mich herum gesprungen. Fete so wie üblich mehr betrüblich. Äußerlich brüderlich. Wirklich aber jämmerlich. Dam dam dam. Sei kein Tier, und mach mir mal vier Bier. Gangsta's Paradise ist geil. Der durchgeknallte Malte lallte gestern vor den Schwestern voll beknackt und abgewrackt, echt Fakt. Pit hat sich gelassen seine Augenbraue piercen lassen, nicht zu fassen, ganze Massen, Serien von Leuten einer nach dem anderen gepierct, und alle an der Augenbraue. Fete so wie üblich. DJ wirft CDs ein. Coolio ist angesagt. Jessica. Eben erst fragst du, wie heißt du außer DJ noch.

Finito mit Spruch mal eben. Das fragt sonst nie einer, das hast du mich noch nie gefragt. Jonas. Mit Jessica zusammen hört sich das voll gut an. Zum Sprühen gut. So daß es alle Autofahrer lesen können, auf die bridge sprühen vielleicht, und dann mit Mofa drunter durchrasen als Überraschung, sie hinter mir, sie hält sich fest. Eben erst habe ich die Sandalenriemen um ihre bloßen Knöchel gesehen. Eben erst ihre langsam flatternden Hände. Wie die Schmetterlinge im PC. Sie sieht überall glatt aus. Möchte man flüstern. Alles an dir ist schön. Ich habe mich in deinem Blick verfangen. Jonas nennst du mich. Klar kann ich knutschen und alles. Come on DJ, jetzt bist du dran, Hampelmann, mach den Mund auf, fahr die Schnecke aus. Dam dam dam. Ob Jonas küssen kann? Voll schön Gestöhn. Jessica Utopia, dein Mund war da. Keiner hat die Zeit gestoppt. Keiner hat gepeilt, ob es so richtig war. Nur wir beide ganz allein für uns. Sonst immer oberlässig in der Clique. Logisch DJ im Geflimmer ohne einen blassen Schimmer, aber immer voll gut drauf, ich weiß nicht, noch wenig Ahnung, nur fummeln und wie es allein ist, es kitzelt, wird ein Horn, heiß in der Hand und rot, und nachher tut der Kopf weh, manchmal, und verklebtes Tempo. Blitze lodern süße Bilder. Hilfe. Süße. Jonas heiße ich. Ich zeige dir mein Zimmer, morgen, morgen schmücke ich mich schön, schöner als heute, mit der Glitzerweste, allen Ohrringen und allem. Das Einhorn ist ein kleines Tier, ähnelt einem Zicklein, hat aber einen scharfen Mut. Nicht vermag der Jäger ihm zu nahen, darum daß es große Kraft hat. Ein einzig Horn hat es, mitten auf dem Haupte. Wie aber wird es gefangen? Hast mich mit den Augen aufgesaugt. Man legt ihm eine reine Jungfrau, schön ausstaffiert, in den Weg. Und da springt das Einhorn in den Schoß der Jungfrau, und sie hat Macht über es, und es folget ihr. Und die Clique sah ihn nicht mehr. Whenever I'm alone with you. Eben erst bin ich in deine Arme gestürzt. Ein kleines Tier möchte ins grüne schwarze Moos. Angst hat meine Freundin nicht. Eben erst hat sie mir Ja gesagt wie Jonas. Jessica. Was mache ich jetzt bloß? Noch reichlich wenig Durchblick, noch voll wenig Schimmer, schon riesig viel Zeit, eben erst fange ich wirklich an, mir dämmert's erst eben.

Weil sie es besser nicht versteht

Weil eine Wut an Girlie fraß. Girlie, die nur im Paß Janina Fischer hieß, könnte um sechs Uhr dreißig noch schlafen, es würde reichen, um sieben Uhr aufzustehen, damit sie rechtzeitig den Schulbus bekäme. Sie stand aber auf, nahm aus dem Kleiderschrank eine Flasche Cola light, trank, drückte die Fernbedienung, Traumfabrik Hollywood lief als Wiederholung. Vor dem Schirm starrend, nicht sehend, nicht hörend, begann sie gymnastische Übungen.

Englischtest heute, hoffentlich kann Jessica das Zeug, yes Mr. Menzner, boys and girls always do their homework after enjoying lunch with their parents, nur Girlie verzichtet täglich aufs Frühstück, fastet am Mittag, bleibt sie im Training. Ja, Mama, das Schulbrot, die Pause, nein, Mama, mittags McChicken vor dem Schwimmen. Echt, Mama, mittags nach Hause kommen lohnt nicht. Einfach ein fester Wille. Wie hört sich denn ein Zentner an. Einfach der schlanke Staat ist angesagt. Girlie speckt ab auf fünfundvierzig, einfache Selbstbeherrschung. Schmarotzer haben keine Chance, krankfeiern gilt nicht mehr, es brät ein Kind im Fernsehn eine Maus, Girlie bleibt auf Diät. Kürzungen sind überall, die attraktiven Billiglohnländer. Nur wenn Sie regelmäßig gezielt Sport betreiben, wirkt Ihre Diät. Mama war als Mädchen auch schlank, sagt sie. Gertenschlank sagt sie. Girlie bleibt auf Reduktionskurs. Sparpaket persönlich für sie zugeschnitten. Fotomodelle schwören auf viel Wasser ohne Kohlensäure. Feuchtigkeit von innen gegen Hunger. Wilder Hunger, sehr gut, wilder wild am wildesten, es sind Maschinen kontrolliert, feindseliges Objekt löst sich in Luft auf. Alle Eingänge überwacht und verschlossen, Grenzen dicht, schleicht keine unsichtbare Kalorie mehr ein, und wer gefaßt wird, abgeschoben, Sarajevo, und in Tokio, New York die Covergirls, mit Springseil im Gepäck, auf ihren Reisen. Hüpfen ist effektiv und kostet nichts. Alles voll im Griff. Weiß ich nicht warum. Widerlich die breite Mama blau, drückt Kippen aus neben dem Aschenbecher, nächsten Tag ein neuer Stoffaufkleber auf der Tischdecke aus Hungerland, cool Kids are clean, sind einfach rein, nie alt und gammelig werden. Es boomt mageres Frischfleisch, unbeschwert und leicht die junge Mode, süß die Mannschaft, Raumschiff Enterprise, Mädchen in süßen Uniformen. Folgen Sie, folgendes Thema: Unsere Risikogesellschaft, Risiko wie Raumschiff. Alle im Boot schnallen die Gürtel enger. Jung und schlank sieht lecker aus. Wirksame Methoden drillen unsichtbar, sehr wirksam, makellose Haut zart knabenhaft im Sonderangebot. Wer nicht rentabel ist, dient als Organspender im Weltall. Fitness läßt sich erzwingen. Muß Liegestützenkur von vorn. Grazil die Kampfmaschine unbesiegbar, jederzeit bereit zu jedem Einsatz. Mobile Friedensstreitkräfte, mit Drückebergern ohne Milde: Wer zuviel ist, tanzt in glühenden Schuhen bis zum Idealgewicht. Spaß für alle Zuschauer, ist einfach voll die Härte light. Gewichtsklauseln in den Verträgen der Models, Produktivität bedeutet größte Leistung unter Einsatz der geringsten Kosten. Minimal Input gleich maximal Output. Ist fit for fun das business. Los geht's und Klatsch. Girlie muß sich geschmeidig üben, Muskeln musizieren. Unschöne Körper unästhetisch, einfach Restmüll. Da capo das ganze Programm, einfach der volle Durchblick. Es walzen Weltallbesitzer die überflüssigen Fresser platt und bereiten aus deren Fleisch Big Macs. Gefressen werden oder gefressen werden. Erlebnisgesellschaft ultimativ. Lächelnde Mädchen sind gut abgerichtet, yes. Dressur for fun, erhöhte Chance im struggle. Ansporn zur Höchstleistung. Das Schwelgen in Superlativen, yes, Girlie übt unermüdlich, weniger ist mehr, der Intensivkurs Selbstbeherrschung, keine Macht den Drogen, einfach anstatt Essen einen Mix aus Übungen, einfach das Leben bis zum Umfallen ein fortgesetzter Kampf, nie hinter das zurück, was schon erreicht, nach vorn sich gegenseitig steigern setzt ganz neue Kräfte frei, für einsam langweiliges Leben, lange leere lange alte kalte Tage. Hochverrat, es wird geschossen, stehenbleiben. Ein Minuspunkt für Girlie. Als Denkzettel heute statt Abendessen Liegestützenkur verschärft, das Fleisch muß willig sein, der Geist muß stark bleiben, die Konkurrenz schläft nicht, nie nachgeben, marktfähig sein, frei jeder gegen jeden. Da fühlt man, daß man lebt.

Die Aussicht

Anscheinend war es normal, vor dem Shopping-Center auf einen Parkplatz zu warten, später über Verbundsteinpflaster hinter der Frau einen überfüllten klirrenden Einkaufswagen zu schieben und, anstatt auszuschlafen, den Samstagvormittag im Dienst der Familie zu verbringen. Fritz Fischer wollte nachmittags alleine losfahren und auf dem Deich am Watt entlanggehen. Mechanisch schob er den Einkaufswagen, wie ein Roboter räumte er zu Haus Waren in Schränke, schließlich saß er nach dem Essen rauchend im Sessel und las einen Mahnbrief des Englischlehrers der Tochter Janina an alle Eltern. Er vergaß den Deichweg, nahm zur Kenntnis und unterschrieb,

die Schülerinnen und Schüler verweigern die Mitarbeit, sie erledigen Hausarbeiten nicht oder unvollständig und fehlerhaft, bitte beaufsichtigen Sie künftig täglich persönlich, helfen Sie Ihrem Sohn Schrägstrich Tochter, mit bestem Gruß, Krickel-Ratsch. Nimm mal das Brett vom Kopf. Hast du je den Namen deiner Schüler nachgehorcht? Kannst du guten Tag auf türkisch sagen? Wie viele Eltern sprechen Deutsch, wie viele davon Englisch? Auf einen Tag gesehen: Wie lange sitzen die in Anführungszeichen Familienmitglieder vor diversen Bildschirmen? Wieviel face-time gönnt man sich in den Familien gemeinsam? Beschwer dich bei RTL und Konsorten, die Kinder gehören dem Video, dem Computer und ihrer Zeit. Und der Vater blicket stumm auf dem großen Schirm herum. Ich bin ein antiautoritärer Vater, beeinflußt vom SDS Kiel. Ich lass' die Kinder teilnehmen an ihrer Zeit, und hoff auf innere Widerstandskräfte da, wo sie notwendig sind. Herzlichen Glückwunsch. Ich wüßte nicht, wie Girlie zu erreichen wäre. Unsere Tochter hatte einmal einen Namen. Wir alle hatten einmal Namen. Inzwischen heißen wir Fischer und Frau und DJ und Girlie. Das ergibt sich mit den Jahren. Wir sind so wie alle. Der Prozeß läuft scheinbar ganz normal ab. Fischer ist der Versager vom Dienst, dem schwimmen die Felle weg, und er winkt ihnen nach. Täglich schenkt die Frau ihm überreichlich negative Zuwendung. Die Lust ist eine Last geworden, abgestellt in der Garderobe, neben Hundekorb und Schuhschrank ganz vergessen. Unser Aufbruch damals ist in sich zurückgesunken. War vergeblich. Von heute aus gesehen ist es so: Fischer hat als Student gebummelt, und er hat das Mitarbeiten in normalen Firmen lange faul verweigert. Die große Utopie in kleinen Kreisen. Plakate, die Lissitzky und Malewitsch weiterführen wollten. Mann, war das Volk aufgerüttelt von meinen Plakaten. In der Agentur steht Fischer neuerdings auf der Abschußliste. Nein. Eine Mündung ist es nicht, in die ich sehe. Schnee. Es schneit in meinem Herzen still und weiß. Tempel sagt, Vorruhestand, wie wär's denn, mit dem Herzklabaster. Ich müßte aber mindestens noch vier, fünf Jahre arbeiten. Und komme nicht mehr richtig mit. Die Jüngeren reiten auf dem PC ohne Sattel und Zaum, während Fischer nur knapp den Fuß in den Steigbügel bringt. DJ ist Fachmann in Sachen PC. Auf meinem Bildschirm schneit es. Die Flocken fallen lautlos. DJ kann mir nicht oft helfen, meistens hat er keine

Zeit. Man sieht sich nicht mehr oft. Man sucht im Schnee vergeblich Spuren. Niemand da. Girlie kommt nicht zum Mittagessen, Fischer ist dafür zu dick. Da mußte die Pumpe streiken, zu wenig Bewegung, zu viel geraucht und gegessen. Der Infarkt ist das Problem, sagt seine Frau. Beim Mittagessen nimmt DJ den Walkman nicht ab. Was denn, wir lesen doch beim Frühstück auch die Zeitung. So kann man das wohl sehen. So kommt die große weite Welt in unser kleines Haus. Wir öffnen weit die Arme und den Mund. Wir empfangen mit allen Sinnen. Ich empfange weißen Schnee und hatte mir alles gern anders gedacht. Aufbrüche mit vielen, lange weite Wege, auf ins Offene. Der Kapitalismus scheitert tagtäglich, wenn man ihn an der Aufgabe mißt, dem Dasein der Leute zu dienen. Meine Kollegen gähnen zierlich. Komische Aufgabe. Warum soll er denn dienen. Das sind Fragen. Fragen rieseln leise weiß. Das schwarze Holz, das rote Blut, das hinfällige Glück, nicht nur im Märchen war das letzte Bild böser Triumph, es waren rotglühende Schuhe ganz am Ende, eine mußte darin tanzen, bis sie tot zur Erde fiel. Wahlloses Leben. Wir leben, seit der kalte Krieg zu Ende ist, in Freiheit, aber ausweglos. Ein Schicksal, ohne Namen anscheinend, verbietet uns bös triumphierend, eine freie Wahl zu treffen, was die Wirtschaftsweise angeht. Wir rasen durch die Sackgasse an eine Wand, so sehe ich die Dinge. Es geht um die Welt ein Gelächter. Fischer, hörst du es nicht? Spar dir doch deine Sicht. Vergebens suche ich die Spur. Vor meinen Augen schneit es. Finde dich ab. Geh zur Arbeit, nimm Tabletten gegen Kopfschmerz vor dem Bildschirm, mach deinen Hofgang mit dem Hund, bring Altglas zum Container, hol der

Frau Wein aus dem Keller, unterschreib und mach dein Kreuz. Wo find ich eine Blüte? Wo ist das offene Feld? Drei Infarkte sind dem Menschen gegeben, also rauch, Fischer, rauch. Die Frau ist fertig auch. Die Zukunft sind die Kinder, da blickst du nicht dahinter, rauch, Fischer, rauch. Sonst weiß ich nichts. Es kann noch Jahre mit mir hingehen. Ich weiß es nicht, wohin. Wo einmal Perspektiven waren, wird die Straße eng am Horizont. Dann waren es nicht wirklich Perspektiven, dann ist die Wahrheit enge Leere. Sonst weiß ich nichts. Vor der Leere fallen leise dichte Schneeflocken. Kaum etwas ist erkennbar. Was sollte man am Deich? Wozu die Lunge rosa schnaufen? Das Gesicht ist starr vor Kälte, Flocken legen sich darauf. Nur Schemen sind zu sehen, Bäume, Masten, Häuser, weiße Wände, davor fahle Menschen. Die Aussicht ist verschneit. Leise rieselt Schnee, es ist nicht Winter. Warte den Tag ab, horch in der Nacht auf die Enge ums Herz. Sieh in das Stieben der weißen Flocken. Sieh in die schmaler werdende Straße hinein.

Schlag auf Schlag

Also trat sie drinnen auf der Stelle auf dem Hometrainer im Schlafzimmer vorm Fernseher. Wieder einmal hatte ihr Mann schlechtes Wetter vorgeschützt, um nicht mit ihr die übliche Runde zu drehen. Drinnen konnte man von draußen Stürme fegen hören. Die Wolkendecke hing tief über allem. Wind trieb Regenschnüre vor sich her. Bille Fischer trat vor dem Fernseher im Kreis. Im Fernseher sah sie ein Liebespaar, das segelte auf einem Boot durch wilden Sturm,

da siehst du mal. Das Wetter hier ist überhaupt kein Argument. An unseren neuen Windjacken wäre der Regen abgeperlt. Gewachste Jacken aus Schottland, den Wildgänsen nachempfunden oder so ähnlich, vor acht Jahren der letzte Schrei, aber du maulst ja nur, dein Burberry taugt noch. Ich mußte heimlich hinter deinem Rücken diese Jacken bestellen, mit denen Hinz und Kunz seit Jahren rumlaufen. Dein Burberry sieht aus, als hättest du damit im Watt geschlafen. Ist dem Herrn egal. Schlurf schlurf. Schon besser, daß es regnet. Fischers Tempo nenne ich Spazierenstehn, sein Herz hat davon nichts. Fischer ist alt geworden. Andere merken das nicht, da baut er Fassaden. Leb mal mit einem, der zehn Jahre älter ist. Alte Leute lassen sich gehen, rülpsen, furzen, achten nicht auf die Figur, du stopfst das schöne Mittagessen in dich rein, zweimal den Napf randvoll, und merkst nicht, was es ist, ob Kokossoße mit Zitronengras oder ob Grünkohl. Für wen, glaubst du, wurde für teures Geld die Lux-Getreidemühle angeschafft? Meine Zähne hab ich alle noch im Mund. Aber du bist zu keinem Arzt, nicht mal zum Homöopathen zu bewegen, der könnte ja auf deiner Bandscheibe herumspringen. Hast du überhaupt Bandscheiben? Du hebst die schweren Wasserkisten nicht, ich bin das! Der Herr hat keine Zeit, der arbeitet auch feierabends und an Wochenenden, aber dabei kommt nichts raus. Der neue Katalog ist gerade da. Ich kann nur träumen von den Möbeln der alten Nikolaischule. Dabei, wenn ihr zusammenlegen würdet für meinen Geburtstag, aber darauf kommt in diesem Haus keiner. Hier hält nur jeder seit Jahrhunderten die Hand auf, deshalb darf die Frau halbtags dazuverdienen. Was habe ich davon? Was mache ich mit diesem Geld? Es gibt bei Lüttje Leffers wunderschöne Tischdecken aus Leinen, handgewebt, aber die kleckert ihr doch nur voll. All meine unerfüllten Wünsche, heda. Die Liste kann man einmal um die Welt spannen, mit ausführlicher Schleife. Aber dann reißt die Frau sich ihr Geld vom Herzen und kauft für Fischer Alpakawolle von zahmen Mammuts und Lamas, sündhaft teuer, damit Fischer sich mal freut im Leben und sich übrigens auch sehen lassen kann, der Pullover war extra für dich gestrickt. Wie soll man strikken für diese Figur, mit dem Fußball vorn und hinten so schmal. Ihm ist das egal. Er hört nie zu. Heda. Warum soll ich mich abends nicht betrinken? Der sensible Fischer lamentiert allabendlich gegen das ungebremste Wachstum. Wenn das so ist, mach die Ohren auf, Bruder Franziskus und mir ist da soeben eine Eremitenhöhle angeboten worden für dich, unten auf Feuerland, und wir hätten noch gern eine Predigt vorher gehört, zum Schutz gegen Konsum und Leistungsträger. Weißt du überhaupt, wovon du sprichst? Der allzeit kritische Fischer hat keine Ahnung. Er hat Theorien. Meinst du, es ist ein Vergnügen, im Krankenhaus all den Schlaganfällen die Beine zu ziehen, und jetzt das Bein heben und halten und wieder senken und wechseln und dabei das Atmen auch nicht vergessen, immer nur öde Krankengymnastik, und dann deine traurige Weisheit? Statt zuzuhören, nuschelst du aus deinen Schwarten Zitate, protzt vor deinen armseligen Freunden, heda, Fischer. Ich konnte nicht an die Uni zum Demonstrieren, und wenn ich als junge Frau hätte lernen dürfen, dann stünden hier heute schönere Bücher. Weniger, aber schönere Bücher. Meine neue Porzellanpuppe kommt nicht zur Geltung, lauter graue Wälzer, außerdem solltest du längst die Bücherkisten im Keller entsorgen, eure Broschüren und Zeitschriften, Kürbiskerne und Peanuts und Proklas von eins bis unendlich, du schläfst vermutlich, heda, dabei könntest du den Kram zu Rupert und Marie ins Dorf verfrachten. Wir müßten umräumen und Platz schaffen für einen neuen Hometrainer, denn das Ding hier bricht bald zusammen, rate mal, an wem das liegt. Wer so dick ist und bloß liest. Was mußtest du auch jede Zeitschrift kaufen. Wenn ich studiert hätte, wäre ich in der Lage, auszuwählen. Statt dessen wird man unverhofft geschwängert und hat das Nachsehn, zwei triefende quäkende Kinder. Heda. Du warst fein raus mit deiner Arbeit. Was man Arbeit nennt. Jahrelang nichts Richtiges. Heute gibt Tempel dir ein Gnadenbrot, und du faselst von Selbstverwirklichung der arbeitenden Ehefrau. Der Fischer hilft sogar beim Haushalt! Du staubsaugst doch nur rund, du läßt die

Ecken aus. Immer muß ich hinterhersaugen, und dann bist du noch traurig. Trauer sieht edler aus als Wut. Erst neulich hast du zum Geburtstag einen Büffelhorn-Rasierpinsel gekriegt, die reine Handarbeit plus Silberdachs. Hilft nicht, der Fischer trauert. Heda. So haben wir nicht angefangen. Wir haben angefangen wie im Fernseher, die Hochzeit ganz in Weiß, zu guter Letzt doch kirchlich, auch wenn du bocken wolltest. Meine Eltern hätte sonst der Schlag getroffen. Hat man nur einmal im Leben, ganz in Weiß, mit duftigstem Schleier und knallenger Taille die schöne Braut und ihr Bräutigam, bis der sich breitschlagen ließ. Sein Anzug war eine Provokation aus dem Leihhaus, der glänzende Hosenboden, man mußte sich schämen. Dem Fischer ist nicht mehr zu helfen. Der liebt seine Ungeschicklichkeit und seinen Schmerz, der Rest ist ihm egal. DJ und Girlie, die Frau, die Gesundheit, alles egal. Das Krankwerden war absehbar bei deiner Raucherei. Für wen habe ich wohl den teuren Ausbau gemacht, rollstuhlgerecht bis in die Dusche? Und prompt hast du dir den ersten Infarkt genommen, Ihr armer Mann, überarbeitet wohl, dem ist nicht zu helfen, und was ist mit mir? Ich möchte auch einen Herzinfarkt bitte sehr, und tot sein und Ruhe und Rücksicht. Oder endlich action, Chanel Nummer fünf und Nikolaischule, und die Aromen aus Italien und Damaszenerrosen, was sie alles bieten, selbst für dich wäre was drin. Aber Fischer weiß nicht einmal, welche Farbe Hemd er trägt, und ob es Seide ist oder aus Nesseln, ist ihm auch egal. Fischer will an nichts mehr teilnehmen, Fischer hat keinen Sinn für nichts, wünscht nichts, ist nichts, und seine Frau büßt dafür lebenslänglich.

Da capo

Schließlich hatte er genug gelesen, Stimmen, Stimmungen, ihm schwirrte der Kopf von dem, was ihm Marie gegeben hatte. Rupert Buhr ging raus, ans Ufer des Kanals, zum Steg, an dem das Boot vertäut lag, sachte schaukelnd. Schlafende Kissen trieben auf dem Wasser. Schwäne kreisten ziellos, ihre Köpfe und Hälse in das Gefieder gesteckt. Die Ebbe zog die Vögel langsam Richtung offenes Meer. Ein Wirbel Stare fegte durch die Luft. Rupert sah dem Wirbel nach, dann sagte er Marie, die unterm Pflaumenbaum mit Freunden saß, er wolle eine Runde auf dem Wasser drehen. Er stieg ins Boot und ruderte los, beugte und streckte sich gegen den Sog.

Die Tide, Flut und Ebbe gehen immer weiter, Ein und Aus wie Tag und Nacht, Gezeitenwechsel. Ein und Aus. Meeresatemzüge, darauf fährt mein Boot. Die Atemzüge der verrenkten Seele nennt man Selbstgespräch. Es hat ein eigenes Leben neben einem, unwillkürlich strömt es. Leute reden, sie reden Dunkles im Hellen, Buntes und Graues, sie reden lachend und Tränen vergießend, sie reden in großen und kleinen Kreisen, um die innerste Stille herum, in tonloser Deutlichkeit um die Stille herum, sie reden, sie reihen die Wörter als Tropfen an eine Leine, vom Ruderblatt weht eine Tropfenleine ins Wasser und zeichnet Muster, Kompositionen, die sich verlaufen zu Kreisen, alle drehn sich im Kreis um den innersten Kern, der fließt, denn alle bestehen unter den Krusten aus Flüssigkeiten. Das Reden fließt, man weiß nichts über einen Anfang und weiß nichts vom Ende, alle reden und sind über Jahr und Tag verändert, einer nimmt den Platz des andern ein, wer war es, der von der Balance gesprochen hatte und vom Schatten, sie alle kreiseln um das Nennesnicht, wer spricht, sie reden kreuz und quer, sie reden Tropfenschnüre, zirpen ihren kleinen Ton, wir reden Rätsel, die wir nicht verstehen, was wird aus uns werden, nenn es nicht, wir können es nicht wissen. Es gibt aber zwei schwarze Hühner, die über eine Weide hasten, es gibt aber die Tropfen, die von meinem Ruderblatt ins Wasser rinnen, es gibt aber am Ufer Weidenbäume, die die Wasseroberfläche mit den Zweigen streifen. Gegen Kopfschwirren tut Rudern gut. Ich mochte schon als Kind gerne im Boot losfahren, vom Wasser her gesehen sieht das Ufer anders aus, der krumme Treidelweg, die Kühe stehen an der Böschung gegenüber, sehen groß auf mich herunter. Die Welt sieht anders aus vom Wasser her gesehen, eine schöne Fremde. Das mochte ich schon als Kind. Rupert, dieses kleine fügsame Geschöpf, das Rübchen im Matrosenanzug, saß als braves Kind mit anderen im Boot und spielte Schiffbruch ganz allein im Kopf. Alle anderen werden geborgen, werden ans Ufer gerettet und dort von rundlichen Kapitänswitwen aufgepäppelt mit Tee und gedörrtem Fisch, sie sitzen wohlig geschützt vor dem Sturm in der Küche ums Ofenfeuer, sie hören es heulen ums Haus, und draußen aber, draußen kämpft einer allein mit Wellen und Wind, es wirft ihn, zieht ihn, schluckt ihn und spuckt ihn aus, es hört nicht auf, dieses Ein und Aus, nenn es nicht, die Wogen werfen ihn von der einen Höhe zur andern, aber die Tiefe ist immer dieselbe, hörst du, und so geht es immer von vorn. Das Ganze suchen und den Bruch, immer ganz da oder ganz weg, sieh dir die vielen Kreise an, in denen einer sich bewegt, und wie der Tropfen sich davonstiehlt, so wie eh und je. Gute Fahrt, Herr Tropfen. Wird es eine gute Fahrt? Wir können es nicht wissen. Die Fahrt im Boot geht weit. Weit über jeden von uns hinaus. Der Horizont ist offen. Jetzt wäre ich beinahe in eine Aalreuse geraten, Glück gehabt. Woher soll ich wissen, daß Bültjer hier seine Reusen auslegt, beim Rudern sieht man nicht nach vorn, man sieht zurück. Hinten steht Marie mit anderen am Ufer, sie winken alle, sie werden alle allmählich kleiner, ich werde auch kleiner, bald siebzig, und immerzu geht es von vorn los, strömt unwillkürlich, stockt, springt, und verhakt sich, und reißt sich los, wir reden sonderbare Töne, wir sind wunderliche Grillen, zirpen um die Stille, Reisende auf Blättern, kleiner werdend, ich werde allmählich kleiner, wir alle fließen der Stille entgegen, zirpend.

Die Deutsche Bibliothek – CIP-Einheitsaufnahme

Ein Titeldatensatz für diese Publikation ist bei
Der Deutschen Bibliothek erhältlich

© Wallstein Verlag 2000
www.wallstein-verlag.de
Vom Verlag gesetzt aus der Stempel Garamond und Frutiger
Umschlag: Basta Werbeagentur, Tuna Çiner,
unter Verwendung einer Arbeit von Maria Lino
Druck: Hubert & Co, Göttingen
ISBN 3-89244-406-4